UN PARFUM D'AVENTURE

DU MÊME AUTEUR

ROMANS et CONTES

Les Contes pour enfants désobéissants et adultes insoumis
Éditions « La Pensée Universelle »

Le journal d'un Vieux Rat
Éditions « La Cigogne » a bénéficié d'un prix d'aide à l'édition de l'Académie Royale de Littérature de Belgique

Le Miroir aux Alouettes
Éditions « La Cigogne » a bénéficié d'une aide du Fonds National de Littérature de l'Académie Royale de Littérature de Belgique.

Le Mariage d'Hercule Poivrot
Éditions Chloé des Lys

Droit dans le mur, pamphlets et textes politiquement incorrects
Éditions bernardiennes

THÉÂTRE

Les très rentables aventures de Pol Van den Clutenants et Cie.
Pièce représentée avec succès aux « Journées du Jeune Théâtre », organisées par la Commission Française de la Culture

Bernard GODEFROID

Un parfum d'aventure

contes et nouvelles

bernardiennes

La raison, c'est l'intelligence en exercice ;
l'imagination, c'est l'intelligence en érection.
Victor HUGO

ISBN: 978-2-930738-14-7

À ma fidèle amie, Barbara Y. Flamand

Le plaisir de l'auteur,
voilà ce qui se transmet.
Bertolt Brecht

La fureur de lire

Je n'aime pas les gens qui lisent dans un lieu public. A mon humble avis, lire est un acte intime qu'il faut préserver des regards indiscrets. On peut le faire, de préférence seul, dans son salon, dans un bureau personnel, ou mieux, le soir dans son lit avant de dormir. Quand j'étais petit j'avais l'habitude de lire en cachette. Je dois en avoir gardé quelque chose …

Or, la femme qui se trouve en face de moi, dans le même compartiment est plongée dans un bouquin, elle y est immergée jusqu'au cou. D'abord, il paraît que c'est très mauvais pour les yeux. Le livre danse, le train fonce, les lignes sautent, les rails vibrent, les mots trépident, les pages tremblotent et le cristallin a fort à faire pour s'habituer à ces mauvais traitements. Mais si elle a envie de devenir aveugle, grand bien lui fasse !

Mais surtout, ce que je ne peux pas supporter, c'est son air absent. Elle est là sans y être. Le train n'existe pas. Le paysage n'existe pas. Les gares n'existent pas. Les voyageurs n'existent pas. Rien d'autre n'existe que son vice. Elle s'est construit un mur autour d'elle. J'ai encore moins d'importance pour elle que sa valise en cuir de veau, son sac de crocodile ou la pointe de ses chaussures cirées. Son œil se pose un instant sur moi, sans me voir, et repart immédiatement dans sa course obstinée. Elle fronce les sourcils comme si elle venait d'apercevoir une bête sauvage. Qu'est-ce qui peut bien l'inquiéter ainsi ? Qu'a-t-elle vu de terrible ? Je donnerais gros pour le savoir. Elle est tellement absorbée par sa littérature qu'elle ne prend même pas la peine de répondre au steward qui lui propose une boisson. Elle fait un vague signe de la main, signifiant : vous m'ennuyez, laissez-moi tranquille ! Elle a entortillé ses jambes l'une autour de l'autre, comme les mailles d'un tricot. Les chocs du train balancent mollement ses hanches dans une sorte de danse lubrique à laquelle elle ne prend pas garde. Elle s'abandonne totalement à sa passion, comme une gourmande, comme une goulue, comme une... Je la trouve franchement indécente ! Son regard remonte d'un alinéa. Visiblement, elle relit un passage qui a dû l'intéresser. Elle sourit. Elle rit. Elle trouve du plaisir... Toute seule ! Comme une sale égoïste. Qu'est-ce qui peut bien la faire rire ? Qu'y a-t-il de si comique dans ce paragraphe ? A la voir, ça doit être poilant ! Y aurait-il moyen de partager cette hilarité ? Elle se gratte l'oreille. Ça, c'est étonnant ! Une petite démangeaison, sans doute. Je pensais qu'elle était devenue un pur esprit, au-dessus de toute contingence matérielle, au-dessus des autres, au-dessus de tout. Maintenant elle entortille ses cheveux autour de son index, en fait de petits boudins, qu'elle lâche comme des ressorts. Elle recommence inlassablement. Est-ce qu'elle va se torturer encore longtemps ? De temps en temps, elle souffle vers le haut pour repousser une mèche qui la gêne. Et ses yeux continuent leur va-et-vient irritant. De gauche à droite, un saut, un peu plus bas, de gauche à droite, un saut, un peu plus bas, de gauche à droite, un saut, un peu plus bas… Au rythme des joints du rail. Ta ga dam ! Ta ga dam ! C'est à devenir fou ! Ses yeux s'agrandissent, ses pupilles se dilatent, ses narines frémissent. La blancheur de la page se reflète un instant sur son visage. On dirait qu'elle a peur. Puis c'est fini. La voilà rassurée. Elle pousse un soupir. Elle tord sa bouche sur le côté, comme le trou du cul d'une poule. Quelle vilaine grimace ! Le type qui a écrit ce livre doit être un intellectuel. Elle suit les méandres de ses réflexions. Maintenant, elle est béate. Son visage exprime un contentement immonde. Toute la satisfaction du monde s'y lit. L'autosatisfaction complaisante s'y étale sans pudeur. Avec une sensualité écœurante. Ce bouquin doit être cochon. Il doit raconter des histoires sales. Dans bouquin, on entend bouc ! N'est-il pas vrai qu'on bouquine, comme un bouc bouquine une chèvre. Les doigts de la lectrice s'attardent sur la tranche de l'ouvrage, pianotent sur sa couverture, caressent les pages. Sensuellement. J'avoue qu'elle a de jolis doigts et que… J'aimerais… Si je pouvais…

J'ai envie de… D'en terminer ! De refermer ce livre infernal… Avec violence… De le lacérer. De le déchirer en mille morceaux… De le lui arracher… De l'envoyer bouler dans le couloir du train… Ou d'ouvrir la fenêtre et de le balancer sur la voie… Quelle tête ferait-elle ? Peut-être redeviendrait-elle un peu humaine. Un rire nerveux me secoue à l'idée de sa surprise :

– Mais ! Mais ! Vous êtes fou ? Qu'est-ce qui

vous prend ?

– Je voulais… Je voulais que vous reveniez sur terre ! Je voulais que vous fassiez un peu attention à ce qui vous entoure… Aux autres… Que vous fassiez attention à moi ! Oui, à moi ! Est-ce trop demander ? Est-ce que je n'en vaux pas la peine ?

C'est stupide à la fin. J'ai décidé de ne plus faire attention à elle. Je détaille les particularités des autres voyageurs du compartiment. Une grosse dame asthmatique n'arrête pas de souffler, si cela continue, elle va rendre l'âme. Un type grand avec des lunettes d'écailles, cheveux très courts, costard, cravate dernier cri, a sorti un porte-documents d'un attaché-case. Il compulse des feuilles et y inscrit de petites notes au stylo. Il prend des airs importants : un battant aux idées courtes. Une jeune-fille se dandine au son de la musique d'un casque audio. Elle ferme les yeux pour mieux jouir. L'appareil est presque silencieux. De l'extérieur, on entend juste quelques vibrations rythmées. Dedans, combien de décibels ? Elle se réveille, fouille son sac et en retire un paquet de cigarettes américaines et un petit briquet doré. Elle prend une sèche et s'apprête à l'allumer. Protestation de la grosse asthmatique. La jeune-fille se débouche le conduit auditif pour écouter la plaignante qui geint :

– Si vous allumez cette crasse, on ne va plus pouvoir respirer ici !

– Mais enfin, c'est un compartiment fumeurs, ici !

– Ça ne devrait pas exister ! C'est scandaleux !

C'est vrai : nous sommes dans une des rares parties du train réservée aux fumeurs. Le ton monte entre l'asthmatique et la jeune-fille. Elles échangent des tas d'amabilités. La jeune, sûre de son bon droit, allume malgré tout sa cigarette. L'autre, furibonde, se lève, prend ses affaires et sort du compartiment en claquant la porte. La jeune tire sauvagement une bouffée. Elle a remporté la victoire, cela lui suffit.

Le chef de train vient vérifier les billets. Ma lectrice tend le sien sans lever les yeux. Son ticket lui sert de signet. Indifférence totale. Elle n'a pas bronché, pas réagi lors de la dispute, pas même jeté un coup d'œil à l'employé du train. Ce qu'elle lit doit être captivant. Je vais encore m'énerver. Être jaloux. Oui, jaloux ! Il faut que je pense à autre chose. Je me le suis promis. Le paysage s'encadre dans la vitre du wagon. Parfois il déroule ses moutonnements avec majesté, d'autres fois, il file à toute vitesse. Des prés, des vaches, des champs, une usine abandonnée, la cour d'une ferme, une décharge d'ordures, un bois, un champ de maïs, un entrepôt, quelques bosquets. A la lisière de l'un d'eux, un gros lièvre détale. Encore un « bouquin ». Que l'on peut dévorer. Aujourd'hui, il y a des bouquins partout ! Décidément tout me ramène ici. Mon regard retombe sur cette femme. Serait-ce une femme fatale ? Que peut bien lire celle qui se trouve là, devant moi, tout près. Je pourrais… Je pourrais la toucher… Le sentirait-elle ?

Les pages défilent, l'une après l'autre sous ses doigts sensuels. De temps à autre, ses lèvres remuent. Elle prononce tout bas un mot pour mieux l'entendre. Elle en écoute les échos. Elle se repaît de leur sonorité. L'écho de ces mots m'entre dans la tête. Les mots s'y choquent, les phrases y éclatent, les lettres s'éparpillent dans mon crâne. J'entends ce qu'elle lit. Je lis dans son cerveau. Son cerveau fait un boucan du tonnerre. C'est insupportable. Ce boucan emplit ma tête. Silence ! Cela devient une obsession. Tac, ta ga dam… Il faut que je sache… Ta ga dam… Tac a tac a tac ta ga dam… Il me faut absolument savoir ce qu'elle lit. Ta ga dam… Ta ga dam… Sinon je hurle !

Justement, comme si elle avait entendu mon cri intérieur, elle souffle légèrement, décroise ses jambes bien bronzées, et pose un instant le livre sur ses genoux. Je crois en lire le titre à l'envers…

Serait-ce possible ? Est-ce que j'ai bien vu ?

Oui, je pense !

Je la regarde à nouveau. Elle se dévoile sous mon regard ébahi. Elle me jette un petit sourire, – enfin ! – se frotte les yeux, bâille, s'étire et se replonge immédiatement dans sa passion maladive. Avec un bonheur visible et insoutenable. Et je n'y comprends rien : comment peut-elle s'intéresser à une vie aussi médiocre que celle d'un voyageur de commerce ? Une vie sans queue ni tête. Sans perspective. Faite de haltes dans de petites gares locales et de nuits blanches dans des hôtels minables. Une vie consacrée à des visites dans des maisons isolées où l'on découvre des choses inimaginables. Bien souvent, il faut bloquer du pied la porte que l'on tente de refermer et s'incruster. S'incruster et vendre ! Vendre à tout prix ! Même à des misérables... Même à ceux qui ne pourront jamais payer. Seule la signature compte. Des marchandises dont les gens n'ont nul besoin. Totalement inutiles. Il faut essuyer des refus, souvent impolis, parfois le mépris ou les injures. Un métier de gagne-petit, à courir les chemins, sans horaire fixe, pendant des journées entières, tôt le matin et tard le soir, avec des rendez-vous manqués, des amours ratés, des aventures avortées. La galère, quoi ! La galère ! Un métier que l'on fait quand on n'a rien trouvé d'autre et qu'il faut gagner sa croûte. A n'importe quel prix ! Par n'importe quel moyen ! Et quand on a réussi à vendre, il arrive qu'on ait des remords !

Pourtant, ce qu'elle tient en main est un livre d'aspect assez luxueux, publié dans un petit patelin de France. Près de Tours, très exactement... Edité à une cinquantaine d'exemplaires, à compte d'auteur. Son titre : « Les passions d'un voyageur de commerce ». Et c'est ce bouquin, qui la faisait jubiler... Ce livre dont elle ne parvenait pas à s'arracher ! Il faut être fou pour lire un truc pareil... Cette femme doit être complètement cinglée !

C'est bien ça ! Je vérifie encore sur la tranche du livre. C'est extraordinaire ! Cette fois, il n'y a pas d'erreur, mon nom se trouve en dessous du titre.

C'est bien ce livre, le livre que j'ai écrit, le seul que j'écrirai jamais. Elle le lit. Elle est ma lectrice ! Probablement ma seule lectrice !

Et nos voies se croisent dans un train ! Dans ce train ! C'est extraordinaire !

Mais alors…

Mais alors ?

Mais ça change tout !

Il et elle :

une histoire banale

Quand elle sauta sur la plate-forme de sa rame de métro, il crut qu'il allait se sentir mal. Tout d'abord, il eut le souffle coupé et son cœur bondit dans sa poitrine comme s'il allait s'arrêter. Puis il y eut un brusque reflux et son sang bouillonna dans ses veines, battit violemment dans ses artères, se précipita par les carotides vers ses tempes et ses oreilles et se mit à y bourdonner en menant grand tapage.

Son cerveau encore mal réveillé parvint à lui souffler une petite phrase intérieure, assez mal formulée, du type :

— Wouaw... Super nana ! Quelle paire de miches... Et quel cul !

Et il la dévora des yeux, s'intéressant, sans discrétion aucune, à toutes sortes de détails qui n'avaient pourtant rien de spécialement culinaires.

La belle pour toute réponse, virevolta avec aisance sur les talons aiguilles de ses chaussures super fines, en faisant voler haut sa minijupe ultra-courte et, dégageant un parfum voluptueux, sans même lui jeter un regard, sans lui prêter la moindre attention, lui tourna le dos.

Mais le mal était fait : ses chairs de mâle puant étaient émoustillées par des milliers d'aiguillons semblables aux dards enflammés de l'amour fou. L'image et les formes ondoyantes de la femme fatale s'incrustaient sur sa rétine. Elles s'y plaquaient à l'envers, puis par le truchement du nerf optique se redressaient dans son cerveau à la suite d'une espèce de saut périlleux et, devenues, par cette opération, encore plus désirables, déclenchaient les ravages d'une excitation fébrile.

Une autre transformation physiologique se déroula dans sa tête. Énormément de sang s'y était accumulé mettant toutes les cellules de sa matière grise en état d'alerte maximale. Des millions et des millions de neurones entrèrent en action et des millions et des millions de synapses s'ouvrirent, parcourues par des courants de quelques milliampères seulement, néanmoins beaucoup plus intenses que d'habitude, et son cerveau se mit à fantasmer. Tout cela fourmillait comme une termitière en ébullition. Il fut envahi par une rêverie doucereuse qui mettait en scène l'obscur objet de son désir et lui-même, bien entendu. Il se vit la coinçant dans le portique d'une maison de maître, qui ne ressemblait pas précisément à son taudis. Elle résistait un peu pour la forme, puis s'affolait sous ses caresses de plus en plus précises. Il la vit, elle, se précipitant sur lui dans un corridor abandonné du métro et plongeant goulûment sa bouche dans la sienne, lui laissant sur la langue la saveur délicieuse de son rouge à lèvres. Elle ne pouvait plus attendre, le bousculait et le chevauchait bestialement, bestialement, oui. Il se vit, lui, la précipitant sur un canapé et posément la déshabillant en humant les odeurs de sa lingerie fine, puis n'y tenant plus, se lançant enfin vers l'essentiel. Il la vit, elle, dans une chambre, sa chambre sans doute, lui dénouant de ses doigts fins le nœud de sa cravate, puis perdant toute patience, lui arrachant sa chemise et son pantalon. Comme dans « Fatal attraction ». Il se vit, lui, lui arrachant des hurlements de plaisirs avant l'extase finale et, elle, lui griffant le dos de ses ongles ensanglantés. Il se vit, courant avec elle le long d'une plage, ils étaient nus tous les deux et se plongeaient dans le creux douillet d'une dune pour y partager une longue étreinte, trop longtemps retardée. Il se vit, la poursuivant dans la forêt, il était satyre, elle était oréade, il l'attrapait debout, au pied d'un gros arbre monstrueusement tordu, mais pour toute défense, elle ne pouvait que gémir de plaisir...

Toutes ces images merveilleuses galopaient dans son imaginaire, s'entremêlant en grand désordre dans les lobes conscients et inconscients de son organe de la pensée, lequel envoyait des milliers d'influx dans sa moelle épinière qui, à une vitesse moyenne de soixante-cinq centimètres seconde à un mètre seconde, allaient chatouiller toutes ses zones érogènes, depuis les plus évidentes, jusqu'aux plus cachées. Ainsi, une étrange chaleur gagnait ses reins et son épine dorsale. Ses glandes surrénales émettaient des décharges d'adrénaline qui provoquaient les battements désordonnés de son cœur. Son hypophyse, située à la base de son crâne, sur la tige pituitaire, ne connaissait, elle non plus, le moindre répit. Elle commandait entre autres toutes ses glandes endocrines et le déversement de tas d'hormones dans son sang, dont la redoutable testostérone.

« Elle m'a mis dans un triste état ! » nota-t-il.

Aussitôt, il chercha un moyen de se soustraire à sa condition d'amoureux transi.

« Le mieux est d'agir vite et bien ! » se dit-il encore.

Elle avait agrippé une rampe du wagon. Sa main délicate serrait tendrement ce symbole phallique. La solution était simple : il suffisait de s'accrocher un peu plus haut à la même rampe et de laisser glisser sa main distraitement sous l'influence des chocs de la rame. Quand leurs deux mains se toucheraient, le contact électrique serait établi. Il mit immédiatement son plan à exécution. Leurs mains ne tardèrent pas à se rencontrer. Nouvelle décharge d'adrénaline et de testostérone. Deuxième phase du plan : la serrer simultanément de près. Il y avait du monde, les usagers étaient encaqués comme des sardines, cela pouvait paraître accidentel. Il s'arrangea pour que son genou se colle un peu au creux satiné du sien. Le tout ne dura qu'une seconde, deux dixièmes, cinq centièmes.

Après une courte hésitation, sa main, à elle, descendit de quelques centimètres. « Normal, se dit-il, elle hésite devant la gravité de la situation ». Enfin, elle poussa un soupir et se dégagea de la jambe qui s'insérait un peu trop entre les siennes. « Ne pas effaroucher la chatte, pensa-t-il derechef, ne pas effarer la biche ! » Il ne savait pourquoi : il se comparait à un cerf. Il capta son regard de fille farouche dans les reflets de la vitre du train et constata qu'il était brillant. « Ma tactique est payante... Je viens de marquer des points. » Elle détourna vite les yeux. « Elle doit être un peu timide... » conclut-il.

Sûr de sa victoire finale, il lui emboîta le pas lorsqu'elle descendit précipitamment à l'arrêt suivant. Précipitation qu'il mit sur le compte de la hâte d'arriver le plus vite possible à la conclusion. Il la suivit encore dans l'escalator en profitant des circonstances pour glisser des yeux indiscrets sous ses dessous. Enfin, ils furent dans la rue. L'air était printanier, les petits oiseaux chantaient et construisaient leurs nids. C'était l'époque des amours, pourquoi pas le sien, le leur ? Il régla son pas sur le sien, en pensant qu'elle l'emmenait, en toute simplicité, vers son appartement. Son système hormonal, à lui, continuait à fonctionner d'une manière insensée, provoquant dans son organisme des bouleversements intenses, au point qu'il n'était pas sûr de trouver les bons mots pour l'aborder...

À ce moment une chose épouvantable se produisit : une horrible petite rengaine stridente, du genre « vive le vent d'hiver », retentit dans son sac à main. Elle sortit son portable, le colla à son oreille et s'écria : « Allô ! » « Zut, alors ! pensa-t-il, elle n'est pas seule ! Elle a quelqu'un dans sa vie. » Mais elle prononça une deuxième phrase qui le rasséréna immédiatement. « Tu commences à drôlement me pomper, mon vieux ! » L'autre, éconduit, tenta de protester de là où il se trouvait, probablement dans le métro. Sa voix grésilla dans l'appareil en vaines protestations. La conversation tournait vraiment au vinaigre. Elle s'arrêta de marcher et sans se soucier des gens qui la regardaient, elle clama : « Et puis, va te faire foutre ! C'est fini, t'as compris ? » De toute évidence, il s'agissait d'une rupture et elle était consommée. Lui, le suiveur, s'était arrêté presque à sa hauteur, et tandis qu'elle refermait brutalement son GSM de la marque « Proximus » qui nous rapproche tous, il avait envie de la féliciter de cette mâle mise au point et lui souriait béatement. C'est alors qu'elle remarqua sa présence. Son regard, loin d'être amène, le toisa froidement et elle l'interpella d'un ton glacial : « J'te connais, toi ? » Il fut bien forcé de reconnaître que non, ce qu'il fit d'un vague mouvement négatif de la tête et d'un air complètement stupide. Une à une, ses synapses se refermèrent et ses neurones n'envoyèrent plus aucun message. Sa circulation sanguine se bloqua. Sa moelle épinière se ratatina. Les flux et les influx qui tout à l'heure l'avaient traversé de part en part cessèrent tout à fait. Sa production hormonale fut entièrement inversée et seule son adrénaline continuait à être produite en quantité excessive, le paralysant totalement, alors que les rares messages en provenance de son système nerveux central lui conseillaient de prendre la fuite. Tout ceci se passa en moins d'une seconde, trois dixièmes et huit centièmes.

Cette fois, il découvrit la face qu'elle cachait si habilement. De ses premiers vagissements de bébé mâle non désiré, de ses lointains souvenirs ancestraux, des profondeurs insondables de son inconscient, surgissait l'image terrifiante de la « mère mauvaise », de la sombre mégère, de l'ogresse impitoyable, dévoreuse de petits enfants, haineuse, féroce, castratrice. Il tenta cependant de se raisonner en relativisant : « Elle n'est pas réceptive, pour le moment, c'est tout... Ce n'est pas si grave. » Mais elle était bien décidée à lui faire boire le calice de la honte jusqu'à la lie et, pas du tout émue devant son air piteux, elle l'acheva d'un : « Alors, dégage, mon vieux ! Passe ton chemin ! Et cesse de t'accrocher à mes baskets ! Vu ? »

Il se sentit profondément renié. Sa virilité était humiliée. Son prestige de dragueur chanceux en prenait un sale coup. Et son orgueil masculin, une sacrée dégelée. Il n'aurait jamais la force de relater ce cuisant échec à ses copains.

Ses transformations physiologiques prirent un tour catastrophique. Ainsi, son... son petit... son petit chose, tout à l'heure si fièrement dressé et gorgé de sang, était retombé comme un soufflé mal cuit. Il tendait à disparaître et ne mesurait plus qu'un centimètre ou deux. Maintenant, à l'instar des nageurs olympiques qui souffrent du froid au sortir de la piscine, il se demandait où étaient passés ses bijoux de famille... Ces derniers devaient être remontés pour aller se cacher, il ne savait pas exactement où, et il se demandait avec inquiétude s'il en restait encore la moindre trace.

Il pensa tout d'abord lui faire remarquer son erreur concernant ses baskets, mais le contenu de sa boîte crânienne était devenu comme de la sauce blanche et il ne parvint qu'à bredouiller une timide excuse :

—Je... Je pensais que... Je... Je ne savais pas... Pardon, Mademoiselle...

À laquelle elle répondit par un dédain capable de frigorifier toute une famille d'ours polaires. Elle tourna les talons qu'elle claqua d'une manière impériale sur le pavé sale de la rue en s'éloignant rapidement.

Et leurs routes qui s'étaient croisées quelques instants se séparèrent pour ne plus jamais se rencontrer. Toute la scène n'avait duré que six minutes, vingt-trois secondes, six dixièmes et quatre centièmes, très exactement.

Une histoire encore trop longue à une époque où on est toujours pressé pour tout et où on n'a plus assez de temps pour rien...

Et lui, demeuré seul face à sa solitude de coureur de jupons, ne trouva pour se consoler que la phrase mille fois entendue en de telles circonstances :

— Bah ! Une de perdue, dix de retrouvées… Le comble de la banalité !

Le cellulaire

De la ville, encore de la ville, partout. Des tours, des tours encore des tours. Des avenues interminables, pleines de motos, d'autos, de camions, de bus, de feux. Des piétons qui sortent de n'importe où, de gares, de bouches de métro, de passages souterrains, de galeries, de parkings… On les appelle des passants. Ils se cognent parfois. Font des tours et des détours…

Je ne comprends pas leur langue… A qui m'adresser ? Ici c'est Babel. On y entend tous les parler de la planète sauf le mien…

Je crispe mes doigts sur mon cellulaire. Sa petite musique de nuit va-t-elle retentir enfin. J'attends un appel, un seul, celui de Natacha… La seule que je connaisse dans cet enfer urbain. Où suis-je ? Je n'en ai pas la moindre idée.

Beaucoup de rues n'ont plus de plaque depuis longtemps. Seuls des numéros, abstraits, sont indiqués. Cinq mille cinq cent soixante-cinq, puis cinq mille cinq cent soixante-cinq b et c. Brusquement on saute à trois cent trente-quatre. La rue a dû changer de nom. Mais ce n'est indiqué nulle part…

Je suis perdu.

O Natacha, je t'en prie : tu es la seule dans cette immensité à connaître le numéro de mon cellulaire… Compose ce numéro, je t'en supplie. Que ma petite musique de nuit vibre entre mes doigts, que mon pouce déclenche le petit bouton de contact, je te répondrai :

— Natacha, c'est moi ! Je me suis égaré... Viens me chercher... Je suis au pied d'une sorte de multinationale, je ne peux pas te dire laquelle, elles se ressemblent toutes. Celle-ci est encore plus haute que les autres... À moins que ce ne soit le siège d'une banque ? Ou un hôtel de luxe ? Ou de je ne sais quelle organisation internationale ?

Mais mon cellulaire se tait obstinément...

Je marche depuis des heures, je suis épuisé. Je m'enfonce dans une bouche de métro. Il y fait étouffant... Je ne vois pas la fin de l'escalator, tant il est long. A son extrémité, une grande salle donne accès à d'autres escalators, les uns descendent les autres montent. Lequel choisir ? L'angoisse m'étreint la gorge. J'en prends un au hasard. Il plonge sans fin dans le sous-sol. Je débouche sur des quais immenses. Des milliers de gens s'y trouvent. Il est presque impossible de bouger. Ma sueur coule abondamment. Je me suis trouvé collé involontairement à une femme. Elle s'est retournée et elle m'a injurié, je l'ai supposé à l'expression de son visage. Mais je n'ai rien compris à ce qu'elle me disait. J'ai marmonné une sorte d'excuse qui a paru lui suffire... Et je me suis reculé en écrasant les pieds de quelqu'un d'autre.

Ces milliers d'individus, hommes et femmes de tous âges, petits, grands, gros, maigres, bouffis, émaciés, ingambes ou éclopés, possèdent tous un cellulaire. Ici et là de petites musiques vulgaires résonnent. Ils portent leur petit appareil à leur oreille et répondent tous la même chose. Je présume qu'ils disent : je suis dans le métro à tel endroit et j'arrive. Ils ont l'air de savoir où ils se trouvent, eux ! Ils sont enfermés dans leur train-train quotidien. Comment pourraient-ils en sortir ? Ils continuent sur leurs rails. Ils ont chacun leur cellulaire…Et dire qu'ils sont censés avoir chacun « leur personnalité » ! Faite sur mesure… C'est dérisoire…

Mais mon cellulaire, le mien, celui qui est relié à Natacha, reste silencieux.

J'ai soif, j'ai faim, je suis poussiéreux, je suis vanné… Une seule chose pourrait me sauver : entendre ma petite musique de nuit, entendre la voix cristalline de Natacha qui me dirait :

— Qu'est-ce que tu fais là ? J'ai bien reçu ton message… Attends-moi, j'arrive… Ne bouge surtout pas… Je te retrouverai… Où que tu sois… Je t'aime !

De grands trains arrivent en fonçant, leurs portes s'ouvrent avec fracas. Des milliers de gens en descendent, des milliers de gens y montent. Ils se croisent sans se voir. Un instant, je crains d'être broyé par leur masse. Je ne résiste plus, je me laisse emporter par un flot tumultueux. Ils doivent savoir où ils vont. Les portes se referment avec fracas et le train fonce aveuglément dans de longs boyaux noirs… Dans les wagons les musiques vulgaires des petits cellulaires résonnent, à droite, à gauche, devant derrière… Toujours la même chanson, aux paroles absurdes… Tous ces gens sont enfermés avec leur cellulaire, dans de petites cellules.

Dorment-ils avec leur cellulaire ? Mangent-ils avec lui ? Vont-ils aux toilettes avec lui ? Ou alors, comble de l'inutilité, le ferment-ils ? Peut-être Natacha a-t-elle fermé le sien ?

Je débarque avec les autres, je suis tout le monde, je suis monsieur tout le monde. Je suis un mouton, je me laisse soulever de terre, porter par la foule sur le quai, enlever sur un escalator, embarquer sur un tapis roulant, foulé par des centaines de pieds. Il aboutit à un autre escalator... Et d'escalators en escalators, d'escaliers en paliers, de paliers en couloirs, je me retrouve enfin à l'air... L'air « libre » ? Pas du tout : il est complètement vicié...

J'en suis sûr, maintenant : Natacha n'appellera plus...

Il est trop tard.

En haut, encore de la ville, de la ville tout autour de moi. Des kilomètres et des kilomètres carrés de ville, qui débouchent sur d'autres kilomètres carrés de ville par des autoroutes, des échangeurs, des ponts, des bretelles et d'autres autoroutes. Des montagnes de tours qui clignotent au-dessus d'une circulation folle... Des avenues qui n'en finissent pas, se jettent dans d'autres avenues, des rues, des boulevards...

Où suis-je ?

De l'eau sale coule à mes pieds. Est-ce un canal, une rivière, un bras de mer, un cloaque ? Des choses innommables y flottent. Tous les déchets de la mégapole qui est au-dessus de moi...

J'ouvre mon cellulaire. Qu'a-t-il dans le ventre ?

Les piles sont oxydées. Elles sont vieilles et probablement plates. Mais cela n'a plus aucune importance… Je les jette dans le magma de flotte pourrissante. J'y jette aussi mon cellulaire… Qui me rendait prisonnier d'une chose parfaitement improbable… Et totalement impossible.

Sa petite musique de nuit ne retentira plus jamais…

Natacha ne m'appellera jamais plus !

Quand mon quartier s'éveille

Dans le clair-obscur de l'aube naissante, les horloges illuminées de l'hôtel de ville émergent de la brume matinale. Elles ressemblent aux yeux d'un monstre sous-marin.

Il est six heures du matin...

De corniches en corniches, les merles font des vocalises compliquées, ils saluent gaiement le jour nouveau. La chaussée étonnamment vide semble respirer, se remettre de la fatigue, des fumées, des puanteurs d'hier. Ses pavés inégaux, ses rails luisent aux rayons du soleil levant. Calme précaire entre les folies de la nuit et l'agitation du jour...

Soudain, des grincements d'aiguillages, environnés d'un tintement grêle, retentissent à la Barrière. C'est le premier tram qui, obstiné, fonce vers son destin : le cimetière de Saint-Gilles, l'avenue du Silence. Grande bande de lumière incertaine, dans le matin frisquet...

Il est presque vide. À ses vitres, quelques voyageurs mal éveillés, fixent d'un œil vague les premiers reflets mouvants nés au cœur de la ville en cet instant de grâce. Ils se secouent de leurs rêves et reprennent contact avec la dure réalité.

Le silence !

La grande chenille qui se berce en exhalant son souffle chaud avale d'un coup trois ombres encore endormies qui grelottaient à l'arrêt. Dans une gerbe d'étincelles, elle redémarre, puissamment entraînée par son moteur électrique.

Une moto sinistre, venant d'on ne sait où,

chevauchée par un cavalier tout noir et sans visage, fait irruption et s'enfuit à toute allure, dans la chaussée voisine, vers son Waterloo... On entend encore longtemps ses rugissements fous, puis tout retombe dans le calme un moment perturbé...

Et pourtant, tout le quartier doucement s'éveille. Il commence à bourdonner.

Une à une, les fenêtres s'allument, on dirait une floraison, en ce matin de printemps. Ce sont les ouvriers du bâtiment, les chauffeurs de bus, les cheminots. Allons, debout paresseux ! Une tasse de café et en route !

La vitrine du boulanger s'éclaire la première. Dans toute la rue, cela sent bon le pain chaud, les pistolets et les croissants. Puis, c'est Mohammed, l'épicier marocain qui comme un fantôme, dans la lumière incertaine, arrange son immense étalage coloré de poivrons rouges, verts et jaunes, de tomates, d'aubergines, de pastèques, de citrouilles, de fruits et de légumes secs. Où se procure-t-il donc tout ça ? Comment ose-t-il empiéter ainsi sur le trottoir ? Vieille habitude héritée des souks, sans doute ?

Cela lui a valu pas mal d'ennuis avec son voisin l'antiquaire qui prétendait mordicus qu'aucune marchandise ne pouvait se trouver au-delà d'un mètre des murs de la façade. La police est venue deux ou trois fois. Quelqu'un a fait circuler une pétition pour que l'on ferme le magasin de Mohammed...

— J'y suis, j'y reste !

Mohammed a tenu bon et grâce à son sourire et à sa tête sympathique, est parvenu à se concilier la bienveillance de tout le quartier, même parmi les Belges « de souche ». Petit à petit, il a grignoté le trottoir et n'a laissé qu'un mètre pour le passage des piétons. Juste retour des choses ! Cela oblige les passants toujours pressés, à trouver le temps de se faire mille politesses

— Passez ...

— Après vous !

— Mais non...

Maintenant, les habitants apprécient outre les pastèques, le sens des relations sociales du petit épicier originaire de Tanger.

Le café du coin porte l'enseigne : « À la verte campagne ». Il est fermé depuis trois heures à peine. La porte ouverte, les volets fermés, il prend un bol d'air frais. On le rince à grandes eaux de son haleine de bière et de fumée qui stagne sur son carrelage mouillé. Un soûlard impénitent confondant le jour et la nuit, essaie d'y entrer. On le refoule à coups de raclettes et un doigt impératif semble lui dire :

— Va te coucher !

Il va chercher ailleurs et d'un pas hésitant se mêle au flot de la foule qui déjà se presse au passage pour piétons. Des hommes, des femmes, des jeunes, des vieux, des petits, des maigres, des grands, des gros, des efflanqués, des empâtés, des pâles, des rougeauds, des sveltes, des éclopés, des minces, des boiteux...

Chaque matin pourtant, ces centaines d'instants sont uniques, car même si les événements paraissent se répéter indéfiniment, chaque chose ne se produit en vérité qu'une seule et unique fois... Comment cette splendide jeune fille exhibant sous sa minijupe de longues jambes merveilleusement hâlées, s'est-elle trouvée aux côtés de ce petit bonhomme à lunettes, tout petit, tout rond, que l'on remarquait à peine, pendant que les croisait une vieille Marocaine emmitouflée dans sa djellaba, traînant après elle, trois gosses infernaux ?

Comment ce jeune athlète en tenue sportive, pratiquant son jogging quotidien, a-t-il traversé le carrefour, en même temps que cette naine au pied bot, cahotante et tremblotante qui se trouvait sur le chemin de trois employés communaux débonnaires, d'un agent de police à moitié endormi et d'une femme facteur se hâtant vers son bureau de poste ?

Pourquoi cet employé du gaz a-t-il failli bousculer ce vieillard courbé sur sa canne, effectuant sa promenade journalière, pendant que deux écolières indisciplinées, aux petites couettes espiègles, déboulaient entre leurs jambes en rigolant ?

À présent, tout bouge, tout vit, tout remue.

Ah, il faut voir avec quel soin et quel amour, la charcutière dispose sa vitrine ! Elle ne prend même pas garde de cacher ses chairs roses et fraîches, débordant généreusement de sa blouse blanche. Ce ne sont pourtant pas ses jambes rebondies que dévore des yeux ce bonhomme famélique, enveloppé frileusement dans un manteau râpé... Ce sont les avalanches de boudins, les colliers de saucisses et de saucissons, les jambons juteux, les salades à la mayonnaise, garnies de tomates, de cornichons et de persil. Toutes ces couleurs sont terriblement appétissantes pour quelqu'un qui a faim !

— Rien qu'une petite rondelle ? Un petit boudin ? Non ?

Le bonhomme cherche à calmer sa fringale. Il se tait et se contente de faire du lèche-vitrines. La charcutière n'apprécie qu'à demi son manège. Sa méfiance a filtré dans un regard peu amène. Il a vraiment une drôle de tête, ce type-là ! Ne va-t-il pas la voler, ou qui sait ? L'assommer ? Penaud, le rôdeur s'éloigne comme à regret et s'attarde un instant devant la boulangerie, avant de continuer son errance...

Ce n'est vraiment pas gai de ne pas avoir d'argent et de vivre dans une grande ville !

Un, deux, trois, les enfants vont à l'école...

Écrasés sous des cartables colorés, plus grands qu'eux, ils galopent jusqu'au feu-rouge et se bousculent en attendant leur mère. Comme toujours, elle est hors d'haleine, écrasée sous ses sacs et ses paquets. Qu'est-ce qu'elle peut bien faire avec tout ce barda ?

– Attendez ! Ne vous avisez pas de traverser, hein !

Mais, qui voilà? D'où sort donc cette étrange tribu ? Personne ne connaît encore leur nom. Les femmes portent des culottes bouffantes avec des petites fleurs, sous leurs jupes et de curieuses chaussures. Une kyrielle d'enfants rasés, l'air un peu malheureux se pendent à leurs cottes, pendant que majestueux, les hommes en complets fripés, gris ou marrons, les chapeaux mous vissés sur la tête, lancent autour d'eux des regards terribles qui luisent derrière de grandes moustaches noires...

Ce sont des Turcs, des paysans d'Anatolie, les derniers arrivés ici, donc tout au bas de l'échelle ! Les Italiens, les Espagnols, les Portugais, les Grecs et même les Marocains sont presque des seigneurs, à côté d'eux ! Heureusement, une petite Belge de la rue d'Albanie, bien blonde et grassouillette, s'est éprise du plus grand des garçons, un grand noiraud tout maigre qui bientôt, va être circoncis, selon les règles de l'Islam. Malgré la désapprobation de sa mère, qui d'habitude ne tolère pas ce genre de familiarités, la gamine s'est permis de lui faire des sourires charmeurs. Les deux gosses ont vite fraternisé sous l'œil courroucé de tous les adultes. Ils ont échangé des chiques et depuis ce jour, les deux familles, la turque et la belge se font des politesses, un rien exagérées, à l'endroit où se croisent leurs chemins, dans le haut de la rue Théodore Verhaegen.

C'était simple, il suffisait d'y penser...

Après tout, ce n'est peut-être rien que ça, l'intégration ?

Aujourd'hui, comme toujours, le pensionné du cinquante-cinq, s'est installé, les bras croisés derrière le dos, à son poste d'observation : l'entrée de sa vieille bicoque. Il pose sur les gens et les choses son regard de hibou. Lui qui ne peut presque plus bouger, se gorge de tout ce mouvement, s'en pénètre, le fait sien. Il lâche pensivement de petites bouffées de sa pipe. C'est ainsi qu'il fait passer le temps. Comme toujours, la vieille folle aux chiens, lui marche presque sur les pieds. Elle dépense une fortune pour nourrir toute sa ménagerie, alors qu'elle-même tire le diable par la queue et se passe de viande. Elle possède une collection complète des spécimens les plus bizarres de la gent canine : de petits, de grands, de minuscules, de gras, de maigres, de frisés, de poils ras, de laineux, avec ou sans laisse, aux museaux pointus ou épatés. C'est un cortège à quatre pattes qui l'accompagne, grondant, soufflant, aboyant, flairant çà et là. Elle leur parle comme à des enfants qu'elle n'a jamais eus :

— Max ! Laisse tes sœurs tranquilles ! Milou, c'est sale ! Lâche ça...

Voilà que la porte du quarante-six s'ouvre avec fracas. Un couple de jeunes chômeurs loge au quatrième de cette maison lépreuse. Lui, tout ébouriffé, sort comme un diable d'une boîte, en faisant à sa compagne, de grands gestes d'impa-tience. Elle est 1à enfin, les yeux encore ensommeillés. Quand ils doivent aller pointer tôt, ils sont toujours en retard. Ils cavalcadent et disparaissent au premier coin de rue...

Que font-ils, où vont-ils, comment passent-ils leurs journées ? Personne ne les verra plus avant la nuit... Et demain matin, lequel des deux éveillera l'autre?

Déjà, la circulation est dense. Pour une fois, la fontaine de la petite Porteuse d'eau n'est pas en panne. Elle distribue avec grâce des gerbes de gouttelettes qui s'irisent au matin printanier.

À présent, la barrière ressemble à un grand carrousel dont le décor changerait à tout instant. Des véhicules de tout gabarit s'engouffrent dans cette étoile à sept branches et s'y font de méchantes priorités de droite. Toutes les publicités du pays y tournent, dans le sens contraire des aiguilles d'une montre. Celles sur fond jaune se déroulent sur les carcasses de tramways ou des bus de la STIB, celles sur fond orange, décorent les bus vicinaux, celles multicolores, les camions de bière, d'eaux minérales, de déménagement, de bétail, ou de transports internationaux. Des autos bleues, rouges, grises ou vertes se faufilent comme des pucerons entre les poids-lourds.

Les chauffeurs savent que s'ils ne doivent plus payer l'octroi, le franchissement de la barrière, passage obligé entre différents points stratégiques de la ville, représente presque toujours, à cette heure, dix bonnes minutes d'attente. Or, le temps c'est de l'argent ! Pas vrai ?

Les ménagères armées de leurs sacs à provision, vont faire leurs courses. Elles se dirigent vers le Parvis où le marché finit de s'installer. Les piétons tournent eux aussi autour de la barrière, mais dans tous les sens. Ils compliquent singulièrement la circulation, sous leurs assauts chamarrés et indisciplinés.

C'est l'heure où les employés se mettent en route à leur tour. La rumeur de la ville est énorme comme celle d'une ruche de géants. Cela grouille de partout, cela remue, cela déménage. Cela gronde, siffle, grince, klaxonne, vrombit. Cela papote, court, marche ou flâne... Bientôt, tous les magasins seront ouverts, tout sera en place pour fonctionner, vendre, nourrir les milliers d'estomacs affamés qui peuplent mon quartier !

Une ambulance passe en hurlant de sa sinistre sirène vers l'hôpital Molière et pendant un instant, tout le monde a retenu son souffle. Ce cri est un appel au secours, un signal de détresse et de mort. On aurait pu croire que le temps s'arrêtait...

Il n'en était rien. Un joyeux carillon sonne les neuf heures !

Une longue journée vient de commencer...

Un parfum venu d'ailleurs

Jean-Jacques se sent mal. Quand il va avoir une crise, son odorat se développe de manière inquiétante. D'étranges émanations assiègent ses narines surexcitées. Les sous-sols dégagent des odeurs de charogne, comme si des dizaines de cadavres avaient macéré des semaines dans ces caves obscures.

Il possède alors l'odorat d'un chien. Multiplié par cent ou mille. Il renifle avec gourmandise les fumets les plus délicats : ceux d'un coq au vin ou d'un gigot braisé à l'ail. Malheureusement, les relents les plus détestables, provenant des graillons, des vidanges d'huile de moteur ou d'excréments de chats ne l'épargnent pas.

Ce matin, de brusques bouffées intolérables, des chapes de puanteur ont envahi ses fosses nasales. À plus d'une reprise, à la hauteur d'un caniveau, il n'a pu s'empêcher de pousser un cri : « Pouah ! » Il s'est surpris à vociférer : « Quelle infection… C'est dégueulasse ! » Les gens qui l'entouraient l'ont regardé, étonnés. Visiblement, ils ne sentaient rien !

Jean-Jacques connaît bien ces symptômes qui l'ont déjà amené trois fois à l'hôpital. Il ne veut plus y aller. Il ne veut plus « péter ses plombs », comme on dit. Il ne veut plus connaître la camisole chimique qui vous laisse bavant et tremblotant dans un long tunnel qui n'en finit plus. Ce que d'aucuns dénomment par euphémisme : une « dépression ».

À l'entrée du métro, cela empeste l'urine

humaine et la bière mal digérée, c'est dégoûtant. Jean-Jacques se dépêche de prendre l'escalator. Le souffle de la bouche du métro lui monte à la figure. Mélanges de crasses, de vieilles frites et de tabac refroidi. Dans la station, il suffoque : l'âcreté de l'ozone répandu par les moteurs électriques le prend à la gorge.

Vite monter dans la rame. C'est encore pire... Le train est bondé. Cela sent les sueurs mal camouflées par des déodorants à deux sous. Un vieux bonhomme qui doit être atteint d'une maladie de l'estomac lui souffle son haleine gâtée en pleine figure. Une femme entre deux âges, qui ne doit jamais utiliser de savon, exhale une odeur de vieilles règles suries : cela rappelle vaguement de fer rouillé et le foie de porc. Et un adolescent pue des pieds... Le mélange de ces pestilences est intolérable. Jean-Jacques a envie de crier. Un voile rouge descend devant ses yeux. Peut-être hurle-t-il ? Ou quelqu'un d'autre le fait-il à sa place ? Toujours est-il qu'un cercle s'est brutalement creusé autour de lui. Chacun le regarde, interloqué. Des murmures fusent : « Qu'est-ce qu'il a, çui-là ? » « Il est malade ? » « C'est un fou ? »

C'est alors qu'elle est arrivée.

Aussi loin qu'il remonte dans ses souvenirs, Jean-Jacques ne se rappelle pas avoir jamais vu femme aussi belle. Pourtant son visage ne lui est pas inconnu. Elle a paru surprise de le trouver là. Comme si elle l'avait déjà rencontré. Ses lèvres dessinent les contours de glaïeuls sauvages, ses yeux ont des reflets de myosotis, ses cheveux d'un magnifique blond cendré descendent en cascades sur une gorge et des épaules superbes ; ses dents, révélées par un sourire énigmatique, sont d'une blancheur éclatante. C'est une reine. Toutes les femmes et les jeunes filles la regardent avec envie. Tous les hommes ont tourné la tête, mais pas un n'oserait lui manquer de respect.

Et puis toutes les puanteurs ont soudain disparu. Comme si elle les avait chassées. Elles ne sont plus qu'un mauvais souvenir. À leur place règne un parfum subtil, enchanteur. Jean-Jacques cherche à l'identifier. Il pense d'abord à des produits de qualité, faits de mélanges d'essences diverses en quantités infimes. De vrais cocktails concoctés par des spécialistes de l'odorat. Ces personnages reniflent leurs savants dosages toute la journée… Ce sont les œnologues des parfums…

Des marques et leur nom chargé de mystère s'imposent à sa mémoire : « La Dolce Vita » de Dior, avec une note de tête au magnolia et à la rose, une note de cœur à l'abricot et à la cannelle et une note de fond au bois de santal et à la vanille… Il y a aussi « Tendre poison » de la même marque : il est trop épicé. À moins qu'il ne s'agisse de l'« Arôme Source » de Lancôme aux extraits naturels de citrus, jasmin et cèdre ? Mais aucun de ces assortiments, trop artificiels, ne parvient à égaler la finesse de la senteur que dégage la belle. Jean-Jacques veut s'imprégner de cette merveille. Il veut la fixer dans la mémoire de sa membrane pituitaire : un parfum est si volatil, il va-et-vient, se renforce ou disparaît. Les arômes de diverses essences lui viennent à l'esprit. Celui des buddleias, par exemple ? Non. La fragrance en est beaucoup trop forte. L'odeur capiteuse de certaines violettes, alors ? Ou plutôt celle, charmante, des églantines ? Chaque fois qu'il imagine une fleur, il croit en reconnaître l'effluve et sa caractéristique : la fraîcheur du lilas, la discrétion du chèvrefeuille, la douceur de la camomille, la puissance de la lavande. Une émanation en chasse une autre dans ses souvenirs.

« Je dois être victime de mes sens exacerbés, pense-t-il. Cette femme est un bouquet, un bouquet de fleurs des champs. Sa robe, longue et flottante, a d'étranges éclats. Ils sont irisés. Tantôt mauves, tantôt saumon, parfois azurés. »

Jean-Jacques se souvient de son enfance. Il cueillait de grandes gerbes de fleurs pour sa maman. Des œillets des champs, des vipérines, des pivoines sauvages, des scabieuses, des bleuets, des boutons d'or. Il n'était content que lorsqu'il était arrivé à reconstituer toutes les couleurs de l'arc-en-ciel. Mais il ajoutait d'autres plantes, des bruyères, les plus longues possibles, des tiges de serpolet, du romarin, des branches de genévrier et d'autres espèces d'épineux qui parfumaient sa composition. Il rentrait à la maison et offrait fièrement son présent :

— Maman je t'ai fait un bouquet. Toutes les couleurs y sont... Et c'est aussi une palette pour le nez !

Sa mère éclatait de rire :

— Mon chéri, on dit : une palette de couleurs, mais pas une palette pour le nez... Du moins je n'ai jamais entendu ça...

— Mais les couleurs et les odeurs, ça se ressemble un peu, non ? C'est comme les goûts ? On peut dire d'une odeur qu'elle est acidulée... Ou piquante... D'un vin qu'il a une belle robe... Et un bon nez... C'est ce que raconte papa quand il ouvre une bouteille ! Et puis, on fait bien de la confiture de roses... Tout se mélange... D'ailleurs, on parle aussi des tons et des nuances d'un parfum, comme s'il s'agissait de peinture... Ou de musique ! Hein ? Maman ?

— C'est vrai tu as raison... hm mm ! Ça sent bon, en tout cas ! Tu es un drôle de gamin...

Et elle le serrait sur son cœur. Il était heureux d'avoir fait son bonheur.

Il ne sait pourquoi, cette inconnue lui rappelle tout ça. Elle le fixe des yeux et s'apprête à descendre. Une voix féminine parle dans la tête de Jean-Jacques. Il l'entend distinctement. C'est comme un souffle profond :

— Il faut me suivre !

Il sait que ses crises s'annoncent toujours ainsi : toutes les odeurs sont renforcées, toutes les couleurs aussi et il lui arrive d'entendre des voix... Les psychiatres appellent cela des hallucinations. Ces dernières peuvent être olfactives, visuelles, gustatives, auditives... Mais lui, il croit à leur réalité... Dans le cas présent, il veut y croire...

Il descend derrière elle et lui emboîte le pas.

Il suit le lent balancement de ses hanches. À plus de vingt pas, ses effluves mystérieux lui parviennent toujours, associés aux tons chatoyants de sa robe, aux éclairs dorés que lancent ses chevilles et ses bras nus. Il se remémore un film qu'il a vu il y a longtemps déjà : « Parfum de femme ». Un aveugle reconnaissait les femmes à leur parfum. Serait-il capable de suivre cette déesse rien qu'en respirant les traces laissées dans son sillage ? Il essaie de s'imaginer privé du sens de la vue. Il n'y parvient pas. Il a toujours associé les couleurs et les odeurs. « Je suis comme un insecte, se dit-il. Me voilà attiré par la plus belle des fleurs. Cette femme me lance des signaux olfactifs et visuels auxquels je ne peux me soustraire. Je suis attiré comme une fourmi par l'odeur des fruits, comme une abeille par le tilleul qui embaume l'air, je suis séduit par ses couleurs comme les phalènes sont capturées par les lumières éblouissantes des lampadaires. »

Ils marchent longtemps. Ils traversent des carrefours, prennent des boulevards, suivent des rues interminables. Jean-Jacques a la sensation de parcourir le chemin de sa longue existence, avec ses tours et ses détours. La route de sa vie avec au bout, la vieillesse. À moins que ce ne soit la « voix intérieure » qui le lui suggère ? Parfois, il ralentit. La dame ralentit aussi. Quand il accélère, elle avance plus vite, comme si leurs pas étaient liés. Pourtant... Pourtant... Elle lui tourne le dos et ne peut le voir !

Jean-Jacques ne sait plus exactement où il se trouve. Elle disparaît dans la boutique d'un fleuriste. Jean-Jacques, interdit, s'est arrêté. Il attend. Elle ressort aussitôt. Elle porte la plus belle gerbe qu'il ait pu imaginer. Est-il possible qu'un simple marchand de fleurs possède de telles variétés de plantes ? C'est de la sorcellerie ! Toutes les espèces de son enfance s'y trouvent. Des genêts odoriférants, des lilas, des aubépines et des prunelliers, des « cerisiers roses et pommiers blancs ».

Un gros papillon aux couleurs luxuriantes choisit cet instant précis pour voleter autour des corolles parfumées. Il s'y pose et bat des ailes. C'est étonnant, presque incroyable. La dame se retourne vers Jean-Jacques. Ses yeux irisés aux reflets de myosotis le regardent avec insistance… La voix intérieure lui parle encore :

— Tu es mon papillon… Viens avec moi… N'aie pas peur…

Ils ont pénétré dans un cimetière. La belle inconnue parcourt nonchalamment ses grandes avenues. Parfois, elle s'arrête devant une statue de pleureuse et l'admire. La voix prend des accents impérieux :

— Je vais prendre vers la droite… Ne me perds pas de vue !

Effectivement, la dame tourne à droite et s'engage dans des allées de plus en plus petites. Elle emprunte des sentiers toujours plus étroits qui cheminent près de monuments imposants. Peut-être va-t-elle fleurir la tombe d'un enfant ? De son enfant ? Des angelots en plâtre jouent au milieu des mousses et des feuilles mortes sous les reflets du soleil perçant les feuillages d'arbres géants. Jean-Jacques n'imaginait pas qu'un endroit aussi retiré puisse exister dans une nécropole.

Il ne la voit plus. Où peut-elle se trouver ? Son flair lui indique une vague odeur de patchouli. A l'analyse celle-ci fait penser à de l'écorce pourrie, à du bois mort. S'y mêlent des touches de champignons vénéneux.

La voix intérieure lui murmure :

— Derrière la grosse pierre… dans la fosse. Tu me trouveras…

Il contourne la stèle. Elle est là, couchée dans un grand trou, toujours aussi belle, toujours aussi désirable. Son teint est devenu pâle, ses lèvres ont bleui. L'ombre a tout envahi. Les fleurs fanées de son bouquet sont éparpillées tout autour d'elle. Le papillon s'est envolé. Le soleil est éteint.

— *Tu es mon enfant…*

Jean-Jacques se penche, lui tend la main qu'elle serre. Elle l'attire, ses doigts sont glacés, il ne peut résister. Elle répand un souffle froid. Le trou exhale l'humidité, le moisi, l'obscurité, la pourriture. Des remugles mortels. Il vient de la reconnaître. Il sait qui elle est… Elle est la terre, elle est la mère, il veut y retourner…

Elle est sa propre mort…

Jean-Jacques vient de se réveiller dans une pièce toute blanche. D'après l'odeur des désinfectants, il sait qu'il se trouve dans un hôpital. L'infirmière, alertée par un moniteur qui a signalé la reprise des fonctions vitales du patient, se précipite dans la chambre.

— Ah ! Monsieur, vous êtes réveillé… enfin ! Vous nous avez fait une de ces peurs ! On vous a retrouvé sans connaissance dans un parc… Nous avons tout essayé pour vous tirer de votre coma… Depuis une semaine, déjà ! Mais je vois que ça va beaucoup mieux… Attendez… Vous êtes, très mal installé… Je vais relever un peu votre oreiller.

Elle se penche sur lui, maternelle. Elle le prend dans ses bras. La fente de ses seins se dessine sous sa blouse légère, là, tout près du visage de Jean-Jacques. Elle fleure le propre… Mais le malade a saisi d'autres subtilités dans son parfum… Qui doivent émaner de sa peau. Un bouquet de plantes des champs, oui c'est ça ! Avec une pointe de patchouli… et de feuilles mortes. Cette odeur, il la reconnaît… Il ne peut pas se tromper…

— Monsieur ? Monsieur ? Qu'avez-vous ? Vous vous sentez mal ?

Elle a plongé son regard dans le sien. Ses yeux dans ses yeux. Dans ses iris, il perçoit des lueurs changeantes aux reflets de myosotis… Il veut s'y perdre, il veut s'y noyer… Déjà, il y disparaît… C'est une délivrance.

Alors, il sombre dans un grand trou noir.
Définitivement.

Tour de chant

Cela faisait la cinquantième fois que Didier chantait d'une voix sirupeuse :

— Je t'aimerai toujou-ou-ours
   Tu seras mon seul amou-ou-our.

C'était une chanson, sa chanson qui était loin d'être géniale, mais qui selon son imprésario pouvait devenir un « tube ». Quelques mesures de piano, une syncope, les deux guitares électriques et la batterie entraient en action, une nouvelle syncope et Didier devait fermer les yeux et commencer en s'accompagnant à la guitare sèche de quelques arpèges très simples :

— Je t'aimerai toujou-ou-ours

Pour la cinquantième fois, le metteur en scène l'interrompait rageusement :

— Nom de Dieu ! La tête plus en arrière ! On dirait que tu manges ton micro !

La fois d'avant, il avait hurlé :

— Merde alors ! La tête plus en avant, plus souple ! T'as avalé un parapluie ou quoi ?

Les caméras de télévision prenaient Didier sous tous les angles. Maintenant son profil douloureux devait venir en gros plan, en surimpression sur l'image de l'orchestre déchaîné...

Au fur et à mesure qu'avançait la mise au point de ce tour de promotion qui devait passer en différé dans plusieurs émissions de variétés, Didier se sentait de plus en plus étranger à la situation qui le dépassait. Il était là bien sûr, physiquement, mais il n'avait plus rien à dire. Deux jeunes femmes en short de cuir ridicule, avec d'immenses hauts talons venaient l'encadrer en se dandinant sur un pas éléphantesque, qui n'était même pas en mesure, et profitaient de chaque silence pour lancer des :

— Cha-ba-la ! Cha-ba-la ! ba-la !

La première fois qu'elles étaient venues, Didier avait tout arrêté et avait bredouillé :

— Mais... Mais... Ce n'était pas prévu !

Il lui avait semblé que ces deux demoiselles s'étaient trompées de tour de chant, elles étaient sur le plateau par erreur, mais sûrement, ce n'était pas pour sa chanson à lui, Didier...

Le metteur en scène l'avait remis à sa place sèchement :

— Relisez bien votre contrat, jeune homme !

Il s'était tourné vers son assistant en déclarant d'un air excédé :

— Ils sont tous pareils, ces débutants ! Ils n'y connaissent rien et ils ont de ces susceptibilités de jeunes tapettes ! Il avait ajouté entre ses dents :

— On te dressera, mon vieux !

Mentalement, Didier s'était remémoré les termes du contrat qu'il avait signé. Un des articles spécifiait en effet : « La mise en scène, l'accompagnement musical, les effets spéciaux liés à la promotion commerciale de votre chanson seront sous la seule responsabilité de notre imprésario. Au moment de la lecture du texte, Didier, qui était tout abasourdi de décrocher « un contrat », n'avait pas prêté grande attention à cette clause.

Sur le plateau, les deux jeunes filles lui avaient lancé comme un regard d'excuse : il fallait bien qu'il comprenne, elles étaient payées pour ça, elles ne faisaient qu'exécuter ce qu'on leur disait de faire...

— Je t'aimerai toujou-ou-ours
    Tu seras mon seul amou-ou-our
    Cha-ba-la... Cha-ba-la-ba-la...

Le metteur en scène ne s'occupait plus de Didier, perdu au milieu d'un plateau gigantesque, engoncé dans un costume à paillettes trop étroit, avec ce nœud papillon qui le serrait à la gorge – lui qui avait les nœuds papillon en horreur – et les pieds broyés par des chaussures carrées et raides qui le faisaient abominablement souffrir. Le metteur en scène l'avait abandonné et déchaînait ses foudres sur les deux filles. Il tonnait :

— Mesdemoiselles ! Mesdemoiselles, souriez un peu, voyons ! Mais non ! Plus naturellement que ça ! On vous croirait à un enterrement ! Le public aime la bonne humeur, il vient là pour se distraire ! Il lui faut de la joie... Oui, c'est ça : un peu de joie de vivre ! Vous n'avez pas assez dormi ? Vous vous êtes mal levées ce matin ? Allons ! On reprend ça...

Artificiel ! Une voix étrangère semblait chuchoter ce mot dans le fond du cerveau de Didier. Oui, tout cela était horriblement artificiel. Des costumes artificiels, des éclairages artificiels, une joie artificielle...

— Didier Dussart !

Didier sursauta.

— Vous dormez ou quoi ? J'ai dit : on reprend ça !

— Je t'aimerai toujou-ou-ours
  Tu seras mon seul amou-ou-our
  Cha-ba-la ! Cha-ba-la ba-la !

Visiblement, les demoiselles n'étaient pas d'une humeur excellente. Elles se prêtaient de très mauvaise grâce aux évolutions que le metteur en scène exigeait d'elles. Artificiel ! Tout était artificiel et abrutissant : c'était l'évidence. Le metteur en scène explosait :

— Stop ! Assez ! C'est archi-mauvais !

Il soupirait, se tirait les cheveux, se frottait le visage de ses deux mains. Apparemment calme, il reprenait lentement sur un ton professoral :

— Mesdemoiselles ! Mesdemoiselles ! Pourquoi à votre avis vous a-t-on fait venir dans cette tenue ? Hein ! Pourquoi ?

L'une des deux jeunes filles essayait péniblement de ravaler ses sanglots... L'autre murmurait quelque chose entre ses dents.

— Comment ? Je n'entends pas ! Parlez plus fort, Mademoiselle !

— Pour...Pour montrer... Pour montrer nos jambes sans doute !

— Parfaitement, nous y voilà !

Il avait l'air terriblement satisfait, presque souriant. Mais son sourire était féroce. Il grogna comme s'il s'adressait à lui-même :

— Nous y voilà, enfin !

Alors brusquement, il tonitrua :

— Eh bien, alors ! Montrez-les, bordel de merde ! Tournez-vous sur la scène ! Montrez la fente de vos fesses, montrez votre cul ! Nom de Dieu ! Avec un peu de souplesse ! Et avec le sourire ! Un sourire aguicheur ! Bon sang !

Il se leva et arpenta nerveusement la travée de sièges où il se trouvait :

— Vous voyez : moi, mon boulot, c'est de savoir ce que le public veut ! Or, que veut le public ? Que veut un fermier qui a trempé toute la journée dans son purin ? Que veut un ouvrier qui a subi les injures de son contremaître ? Que veut un chômeur, qui pour la centième fois, s'est fait refuser un emploi ? Que veut la mère de famille qui a épluché des patates et a torché ses marmots ? Qu'est-ce qu'ils veulent tous ces minables ? Ils veulent oublier ce qu'ils vivent par tous les moyens. Ils veulent du luxe avec un grand L, ils veulent du merveilleux avec un grand M, de la Religion avec un grand R, du pape avec un grand P, de l'amour avec un grand A ! Ils veulent aussi deux mots clés qui vont toujours ensemble : Sentiment et Sexe : SS ! Vous m'avez bien compris ! Alors, Bon Dieu ! Nous ne pouvons pas leur donner ce qui leur manque, c'est impossible, mais au moins nous pouvons leur en vendre l'illusion ! Nous sommes des marchands d'Illusion ! Illusion, avec un grand I. Depuis vingt ans que je fais ce boulot, je sais ça et vous, votre boulot, c'est de faire ce que je dis, pour obtenir ce résultat ! Vu ? Vos cha-ba-la ba-la doivent venir d'en bas, Mesdemoiselles ! Ils doivent être beaucoup plus sensuels. Ce n'est pas votre bouche, mais c'est votre ventre qui doit parler !

Il était calmé en apparence. Sur le plateau, le pianiste, les cheveux ébouriffés, les deux guitaristes coiffés à la mode punk, le batteur qui tenait ses baguettes comme dans un restaurant chinois, les deux filles, une jambe un peu pliée en position de repos et Didier Dussart, plus perdu que jamais, attendaient piteusement que le sermon soit fini.

— Nous allons reprendre. Un peu de con-cen-tra-tion s'il vous plaît ! À propos, Monsieur Dussart... Monsieur Dussart ?

Didier, qui avait un doigt dans le nez d'un air perplexe, fit semblant d'écouter :

— Monsieur Dussart, j'oublie chaque fois de vous le dire ! Vous tenez votre guitare comme si c'était un sac de pommes de terre. Vous devez la serrer amoureusement comme votre bien-aimée, sur votre bas-ventre. On doit avoir l'impression que vous lui faites l'amour. Ne l'oubliez pas, dans notre public, il y a aussi de toutes jeunes filles, très sentimentales. On reprend... En avant la musique !

Quelques mesures de piano un peu nerveuses... Les guitares électriques éclatèrent dans l'atmosphère surchauffée, suivies d'un roulement de batterie, un temps mort... Didier Dussart ferma les yeux d'un air profondément inspiré. Il serra sa guitare comme une maîtresse qui l'aurait attendu depuis dix ans. Il secoua la tête et rugit hystériquement :

— Je t'aimerai toujou-ou-ours

Tu seras mon seul amou-ou-our !

Les deux demoiselles sortirent des coulisses avec des sourires « Pepsodent » jusque derrière les oreilles et, d'une voix éraillée, juteuse à souhait, murmurèrent en trémoussant leur bas-ventre et leurs reins :

— Cha-ba-la ba-la… Cha-ba-la ba-la…

Le metteur en scène les fixait par-dessus ses lunettes sans interrompre. Il avait l'air aux anges. Didier Dussart qui l'apercevait au travers de ses cils, pensait dans son demi-sommeil :

— Artificiel, tout ça… Quel cinéma !

§

Après cette épreuve épuisante, Didier Dussart se retrouva sans savoir comment, dans les loges. Il était vidé, découragé. Les deux demoiselles entrèrent sans faire attention à lui et commencèrent à se déshabiller en sa présence. Sans doute avaient-elles l'habitude, vu leur métier, de se dévêtir devant n'importe qui et n'y prenaient-elles plus garde.

Elles échangeaient leurs commentaires sur la répétition. L'une était encore furieuse et bien qu'elle fût complètement nue et que Didier la vît de dos, tout son corps exprimait sa mauvaise humeur :

— Tu te rends compte ! Quel salaud, ce type ! Tu as vu la manière dont il nous a traitées. Il mériterait… Il mériterait que quelqu'un lui fasse une grosse tête ! Et ce malheureux débutant… Qu'est-ce qu'il lui en a fait voir !

Le malheureux débutant était là, il ne savait plus ou se cacher, ni où regarder. Finalement, il toussota pour se faire remarquer. Celle qui venait de parler se retourna en pointant vers lui ses seins agressifs :

— Ah ! Mais il est là !

Elle ajouta, un peu radoucie :

— Je ne vous avais pas vu ! C'est vrai que le « chef » vous a un peu maltraité... Pas trop découragé ?

Didier haussa les épaules... Il ne savait pas. Il ne savait plus que penser. L'autre n'insista pas et se tourna vers sa compagne :

— Je te jure que si ça arrive encore une fois, il va m'entendre.

— Qu'est-ce que tu lui diras ? Que tu ne veux plus travailler ? Tu auras l'air fine ! Tu sais bien qu'on n'a pas le choix...

— Non, je lui dirai simplement qu'il exagère.

— Mais c'est vrai qu'il connaît son métier...

— Ça ne lui donne pas tous les droits !

Les deux jeunes femmes avaient fini de se rhabiller, vite fait, bien fait. Elles quittaient les lieux sans discrétion, en laissant Didier Dussart seul avec lui-même. La fille qui exprimait si bien sa fureur dit encore :

— Ce type est une peau de vache !

Et elle claqua la porte. Le silence se fit. Seul flottait encore leur parfum à deux sous, qui couvrait un peu l'odeur de pieds ambiante.

Une peau de vache !

Didier ne parvenait pas à en vouloir au metteur en scène. Il agissait selon un rituel bien précis, dans une optique déterminée qui, finalement, était cohérente. Il était vrai que les gens voulaient avant tout se distraire et d'autres, loin de les contrarier, ne se torturaient pas le ciboulot à vouloir les « éduquer ». Ils leur vendaient ce qu'ils désiraient. N'était-ce pas la logique même ? Seulement, il fallait savoir où cette fameuse logique s'arrêterait. Un empereur n'avait-il pas déclaré peu avant la chute de l'empire romain : « Du pain et des jeux ! » Ce tyran avait certainement connu un grand succès de son vivant. Puis Rome s'était effondrée. Maintenant, le mensonge s'étalait partout, triomphant. Dans les journaux, dans les livres, dans les spectacles. On distrayait les gens, on leur cachait leurs problèmes. Leurs propres problèmes. La société tout entière devenait schizophrène. Cela annonçait sûrement quelque chose d'inéluctable... Un effondrement, un bouleversement inéluctable, oui ! Car il n'était pas possible que les gens soient si bêtes ! Au fond, là était l'erreur fondamentale du metteur en scène : il prenait les gens pour des imbéciles et agissait en conséquence. Malheureusement, il se trouvait un grand nombre d'imbéciles pour l'applaudir... Comment ce pauvre type pourrait-il un jour découvrir son erreur ?

Didier Dussart retournait tout cela dans sa tête. Que de chemin parcouru depuis un mois. Il y avait d'abord eu la sélection, « l'audition » comme ils appelaient cette épreuve. Trois cents malheureux qui couraient de concours en concours, avec leurs chansons et leur guitare. Ces pauvres types étaient tous d'une originalité qui les affichait comme des artistes : ils voulaient se distinguer du commun des mortels. Cheveux longs ou coiffures de sioux, tenues de motard cloutées ou blues jeans crasseux et déchirés, foulards de soie, bottes de cuir à hauts talons, chemises à dentelles. L'uniforme de l'originalité : une originalité stéréotypée qui clamait à tout venant qu'ils n'avaient pas perdu leurs illusions sur ce que certains dénommaient avec emphase la « liberté de l'art »…

L'audition dans un studio insonorisé avait suivi : trois hommes vieux et chauves se vautraient dans des fauteuils de cuir. Le premier ressemblait à un rapace, le deuxième, à un corbeau déplumé, le troisième, à une fouine. C'était à peine croyable, mais le grand chef tirait sur un gros cigare et faisait penser irrésistiblement à la caricature d'un imprésario telle qu'on la voit dans les films. Tout y était : la chemise à carreaux, la montre-bracelet en or, les lunettes noires, la verrue sur le nez et même… le gros cigare !

C'était lui qui avait parlé à Didier Dussart :

— Montrez-nous ce que vous avez dans le ventre, jeune homme ! Dépêchez-vous, nous sommes pressés !

Didier Dussart avait chanté sa chanson… Celui qui l'avait interpellé ne semblait pas l'écouter, les yeux fermés, il avait l'air de dormir.

À la fin de son premier couplet, Didier s'était

arrêté. Il avait attendu. L'homme avait rouvert les yeux :

— C'est tout ? Vous pouvez aller…

Trois semaines après, Didier recevait une lettre qui le convoquait au studio. Sa chanson avait fait une impression favorable, à part quelques détails. Il était prié de se présenter au studio LBC, 4 afin d'envisager un contrat.

Didier relut quatre fois la lettre, il n'en croyait pas ses yeux. La chance lui souriait enfin !

Didier était attendu par l'imprésario en personne. Celui-ci lui déclara que sur trois cent cinquante-cinq candidats, ils avaient été trois à être retenus. Il avait donc les félicitations du jury… Le jugement avait porté beaucoup plus sur l'air, sur la technique, sur la présentation que sur le texte. Ce dernier était trop compliqué… Trop poétique… Il ne serait pas compris par la majorité des gens auxquels s'adressait le studio LBC, 4. Sa chanson traitait de l'amour face aux difficultés de la vie, de la vie elle-même, de la mort… Il valait mieux se limiter à un seul thème : l'amour, par exemple. Quelques phrases très simples parleraient beaucoup plus au cœur du public… Bien sûr, il était libre de refuser, mais alors, il faudrait envisager de signer le contrat avec quelqu'un d'autre. Les candidats ne manquaient pas.

Didier tenait sa chance, il ne la lâcherait pas. Il accepta de remanier sa chanson. Il sabra dans le texte, supprima les allusions à la mort, les comparaisons de la vie avec le lierre qui grimpait sur les murs en ruine, mais garda cependant l'idée de l'amour face aux difficultés de la vie. Trois jours plus tard il se représenta devant l'imprésario.

Celui-ci lut attentivement la nouvelle mouture, se gratta la tête et fit une moue négative. Le texte était simplifié oui, mais pas suffisamment ! Un seul thème devait être retenu, celui de l'amour triomphant. Les gens simples ne voulaient pas entendre parler de difficultés, ils se les cachaient, ils les fuyaient, il ne fallait surtout pas les y plonger…

Pendant que l'imprésario pérorait, Didier Dussart calculait mentalement : un roi de France n'avait-il pas déclaré : « Paris vaut bien une messe… » Après tout, sa carrière à lui, Didier Dussart, valait bien une petite chanson. Après, il serait connu, il recouvrerait sa liberté, il ferait passer tous les messages qu'il voudrait. Il accepta de revoir le texte sur place, avec l'imprésario.

Ce fut catastrophique. Son texte était résumé en deux phrases qui n'avaient plus ni queue ni tête. Il fallait les répéter sur tous les tons :

— Je t'aimerai toujours

   Tu seras mon seul amour

Pourtant, Didier avait résisté. Il ne voulait pas supprimer le peu qui restait de sa poésie :

À l'ombre de ta vie

À l'ombre de tes jours

Je t'offre mon amour

Tu es ma seule survie

L'imprésario avait biffé « À l'ombre de ta vie » qui selon lui, ne voulait rien dire, il avait compté le nombre de pieds de « Je t'offre mon amour » qu'il avait comparé à son vers à lui : « Tu seras mon seul amour ». Cela ne faisait qu'un seul pied de différence. Il suffisait d'adapter un peu la musique. Didier s'était longtemps accroché à son texte qui débutait par l'interrogation : « Est-ce si difficile d'aimer ? » Il avait axé toute sa chanson sur cette idée qui devait en constituer le titre…

L'imprésario était resté inflexible : cette phrase n'était pas suffisamment commerciale. Elle n'était pas vendable. Il fallait du positif. Une interrogation rebuterait neuf acheteurs de CD sur dix, si jamais il y avait un CD…

Didier avait cédé de guerre lasse. L'imprésario avait poussé un soupir de soulagement :

— Vous êtes une forte tête, jeune homme, mais on finira par s'entendre, vous verrez ! Il avait poussé sur un bouton et parlé dans un micro :

— Mademoiselle Deleuse, voulez-vous apporter les contrats au nom de Didier Dussart !

Didier avait tout signé, sans regarder. Trois jours après, les répétitions avaient commencé à un rythme infernal. Son contrat comprenait plusieurs émissions de promotion à la Télévision et à la Radio, organisées par la firme LBC, l'interprétation de sa chanson lors d'un tour de chant qui feraient passer plusieurs débutants en même temps qu'une vedette connue, l'obligation de la présenter à un concours international et l'impression et la diffusion d'un CD.

Et après ?

Après, on verrait bien…

Didier Dussart avait franchi le premier pas vers la célébrité…

§

Didier se sentait mal. La tête lui tournait, il y avait trop de monde, il avait la nausée. Les coulisses étaient pleines d'agitation, de groupes qui se croisaient, qui couraient, qui s'énervaient.

La salle était pleine d'un public populaire : des familles avec leurs enfants, des pensionnés, des vieilles dames, quelques jeunes aussi. L'émission de variétés était en direct à la télé. Il n'y avait pas de surprises à craindre : l'auditoire était « gentil », il applaudissait docilement, sinon avec fougue, à tout ce qui lui était proposé par le présentateur qui maniait cette foule à sa guise. Les gros plans de la caméra, accompagnés d'un savant mixage d'ovations se chargeraient de donner l'illusion de l'enthousiasme qui manquait tellement.

Un public d'un pesant dimanche. Comment, par quel miracle, par quelle série de hasards, tous ces gens s'étaient-ils retrouvés là à écouter ou à faire semblant d'écouter ces chansons aux paroles creuses et à la musique insignifiante ?

Didier observait quelques rangées de spectateurs par la fente des rideaux. Il lisait sur les visages une sorte de résignation… Une grosse dame baillait à se décrocher la mâchoire, un monsieur âgé s'était endormi et son épouse tirait sur son veston pour le réveiller. Derrière eux, cinq ou six enfants, trop sages, engoncés dans leurs habits du dimanche et rangés par ordre de grandeur, comme des poireaux, souriaient poliment.

C'était l'ennui… Un ennui profond qui donnait à Didier une sensation d'écœurement qui lui remontait au bord des lèvres.

Quand la salle fut pleine, cela commença en fanfare. Les projos de couleurs se mirent à tourner dans tous les sens. Le présentateur tenta de dérider la salle au moyen de plaisanteries plates à faire pleurer. Très théâtral, toujours rigolard et gominé à souhait, il annonça le premier « espoir » de la chanson sous les pétarades assourdissantes de l'orchestre. Pollution de lumières, pollution sonore, pollution de bêtise…

La première débutante devait avoir passé la trentaine. Elle promenait nerveusement son micro au milieu des musiciens. Comme elle n'avait pas de jolies jambes, elle avait enfilé un pantalon de cuir noir brillant qui la rendait encore plus moche.

— J'adore la pluie-i-ie
  Quand je suis avec lui-i-i
  J'adore la plui-i-ie
  Mais pas à midi-i-i

En égrenant cette rengaine désespérante, elle jetait la tête en arrière, en faisait rouler la masse abondante de ses cheveux oxygénés. Ses yeux, munis de longs faux cils se fermaient comme si elle souffrait intensément. Elle se prenait le visage à deux mains et le serrait avec la dernière énergie. Un dispositif spécial permettait d'accrocher son micro près de son soutien-gorge quand elle se livrait à cet exercice. Derrière elle quatre jeunes gens en pantalons blancs et polos rouges faisaient tourner quatre parapluies, bleu, violet, rose et jaune, tantôt à la verticale, tantôt pointés vers le public...

Le présentateur enchaîna vite :

— On applaudit Sylvia Margarillo, on l'applaudit très fort, pour son magnifique : « J'adore la pluie »... J'allais dire : « Je chante sous la pluie ! » bien qu'il fasse très beau aujourd'hui...

Il fallait fuir les temps morts comme la peste. Le présentateur arborait un sourire commercial. Lui aussi connaissait son métier : baratiner les gens :

— Maintenant, cher public, chers spectatrices, chers spectateurs, chers téléspectatrices, chers téléspectateurs, il nous vient d'un petit village près de la frontière française, il s'appelle Raymond Valentin. Il s'est spécialisé dans la chanson sociale, si j'ose dire, une fois n'est pas coutume ! Je vous assure qu'il ne mâche pas ses mots ! Voici Raymond Valentin ! Il va vous interpréter : « Liberté » ! J'ajouterai : « Liberté, liberté, chérie... » Nous l'applaudissons... Raymond Valentin !

Raymond Valentin, grand, maigre et dégingandé, veste de jeans sur polo blanc à col roulé faisait son entrée à grandes enjambées sur une musique alimentaire, saluait le public d'une manière désinvolte, plaçait son pied sur un tabouret et la guitare dans le creux de l'aine débuta son numéro au signal d'un roulement de batterie de l'orchestre. Il se mit à gratter son instrument de manière frénétique en secouant la tête dans tous les sens :

— Liberté, liberté !

Liberté pour les pigeons,

Liberté pour les dindons,

Pour les chats, pour les oiseaux,

Pour les vaches et pour les veaux…

Était-ce possible ? Avait-il réellement trouvé ça tout seul ? Ou bien son texte avait-il également été remanié ? C'était la mode pseudo-contestataire dans toute son horreur. Mais le chanteur continuait, toute honte bue :

— Plus de cages,

Plus de rage,

Plus d'orages,

De carnages,

Nous sommes tous frères,

Je l'espère…

Nous sommes tous frères, je l'espère

Derrière lui, quatre filles en minijupes, une blonde platinée, genre Barbie, une métisse noire à la peau décolorée et aux cheveux défrisés, une adolescente de type vaguement asiatique et une fille brune déguisée en Indienne avec tresses, bandeau et plume, robe à franges, dansaient en répétant : « Nous sommes tous frères, je l'espère... » Il s'agissait là d'une audace inouïe de la mise en scène : ces filles osaient chanter qu'elles étaient toutes « frères »…

Mais le présentateur, un peu déçu du peu d'enthousiasme des applaudissements ne voulait pas laisser la salle respirer :

— Raymond Valentin nous a fait frissonner au rythme de la contestation. Une belle énergie pour une noble cause ! C'était Raymond Va-len-tin ! On l'applaudit ! Plus fort ! Je n'entends rien !

Alors une claque, probablement payée à l'heure, lança des ovations et scanda ses battements de mains. Le public entraîné fit de même. Mais l'excès étant mauvais en tout, le présentateur stoppa ces démonstrations d'un geste de la main :

— Sa mère est française, son père est Britannique, elle vit en Belgique, c'est un produit de notre grande Europe. Elle s'appelle Mina Barrow. Elle nous interprète : « Dans ton ombre ». Mi-na... Bar-row !

Entrait une femme habillée en première communiante, petite robe blanche assortie de sandalettes de gymnastique, de chaussettes et d'élastiques dans les cheveux. Elle lançait d'une voix aigrelette :

— Je me sens
Je me tends
Je me rends
Dans ton om-om-bre
Dis pourquoi
Dis-moi pourquoi
Tu es si som-om-bre...

Mina Barrow ! Didier la suivait ! Juste après ! Il allait passer d'un moment à l'autre. Un trac fou s'emparait de lui, son esprit devenait du coton, ses jambes, de la flanelle. Déjà les sages applaudissements crépitaient, déjà le présentateur l'annonçait :

— Vous le connaissez déjà, vous l'avez souvent entendu avec ravissement, il a beaucoup de talent. Il s'appelle Didier Dussart, il va vous chanter : « Je t'aimerai toujours ! »

« Vous le connaissez déjà ! » Didier n'en revenait pas. C'était sans doute en répandant de tels mensonges que l'on créait des vedettes de toutes pièces. On les tirait du néant. S'il y avait bien une chose dont il était certain, c'est qu'ici personne ne le connaissait ! Et qu'il ne connaissait personne dans cette salle.

— Didier Dus-sart : réservez-lui l'accueil qu'il mérite…

Didier n'entendait plus. Ses jambes le portaient vers l'endroit qui lui était destiné au milieu du podium. Il marchait comme dans de l'ouate, ses oreilles bourdonnaient, son cœur battait de travers. Il était bien Didier Dussart : ça ne faisait pas l'ombre d'un doute. Didier Dussart ? Subitement, son nom lui paraissait dénué de sens. S'il n'était là que pour dire des mensonges, tout devenait absurde. Tout ce boucan, ces lumières, ce tralala…

Sous les projecteurs, les applaudissements cessèrent, le silence s'installa.

On l'écoutait et devant lui… Cette grand-mère qui le regardait… Avec ses grosses lunettes… Pleine de confiance… Tellement crédule… Comme une enfant qu'il allait tromper… Oui, tromper ! Au fond, qui était-il ? Qu'allait-il raconter comme calembredaine à cette petite vieille qui avait probablement travaillé toute sa vie… Comment, de quel droit, pouvait-il se permettre de faire une chose… si monstrueuse !

Déjà le piano plaquait ses accords… La première syncope. Tout se déroulait comme prévu, mais… Les guitares électriques, les cha-ba-la ba-la, la deuxième syncope… Et puis, rien… Un silence lourd… Inquiétant… Le public était pendu à ses lèvres… Il se passait quelque chose d'étrange… Cela devenait énorme… Il allait parler… Dire une chose qui ne se dit pas… Qui ne se dit jamais… Pour la première de la soirée le public écoutait… Son immense tension était perceptible… Il allait savoir la vérité. Même si Didier avait chuchoté ce qu'il avait à dire, chacun l'aurait entendu jusqu'au dernier rang :

— Ils ont…

Il y eut un remue-ménage dans les coulisses. Quelqu'un cria :

— Coupez ! Coupez tout !

Le public retenait son souffle, jamais public n'avait été aussi attentif. Alors, Didier ajouta avec émotion :

— Ils ont tué ma chanson… Pour elle, je vous demande… Une minute de silence !

Il baissa la tête et resta sur place, immobile comme une statue, profondément troublé par le recueillement qui s'était emparé de la foule et par les émanations de chaude sympathie qu'il sentait provenir d'elle…

Deux techniciens s'approchèrent de lui sur la pointe des pieds, le prirent par les bras et l'emmenèrent. Il ne résista pas. Il était étonné lui-même de son courage. Comment avait-il osé ? Sans cette vieille grand-mère assise au premier rang, aurait-il pu prononcer cette phrase surprenante qui lui était sortie de la bouche, comme si elle avait été dictée par quelqu'un d'autre. Ces paroles résumaient tout ce qu'il ressentait confusément depuis des jours et des jours. Elles étaient sa délivrance. Il avait enfin été honnête…

Pendant que la salle se vidait lentement, il entendait les aboiements du metteur en scène de l'impresario, du directeur publicitaire :

— Comment ? Craquer pendant une répétition, craquer lors d'une audition, passe encore ! Mais craquer devant le public ! T'as pas entendu ? Et dire des… énormités… des… des conneries ! Des mensonges, oui ! Et le spectacle est foutu… L'émission aussi ! C'est inadmissible ! Inadmissible ! Il va nous entendre ! Et il va nous trouver ! On va le traîner en justice ! Jamais vu ça ! Çui-là, on peut dire qu'il est fini ! Bien fini !

Fini, avant d'avoir commencé ! Mais Didier s'en moquait.

Didier savait qu'il allait devoir trouver un bon avocat, se procurer des certificats médicaux, peut-être même se faire passer pour fou, afin d'éviter de très sérieux ennuis… Ces gens-là n'étaient pas du genre à le lâcher de sitôt… Ils allaient lui faire un maximum d'emmerdements…

Pourtant, malgré tout... Il était tellement soulagé ! Il se sentait libre ! Il était heureux et il souriait.

Non décidément, Didier Dussart n'avait pas l'étoffe d'une star !

Une question de différence

— Quel drôle de bonhomme ! C'est un clown ? Hein, maman ?

— Non, gamin ! C'est un gay…

— Pourtant, il a l'air plutôt triste…

— Mais non, tu ne comprends pas : ce monsieur est un homosexuel…

Claire a voulu frapper un grand coup et donner une leçon de citoyenneté à son fils. Elle l'a emmené à la « gay pride ». Après tout, à onze ans, il faut bien qu'il connaisse certaines réalités de la vie. Il est temps que Cyril découvre ces différences essentielles. Et qu'il les accepte. Cyril considère le char sur lequel des types velus, en perruques roses ou bleues, dansent en jarretelles.

— Ah, je comprends tout. Ce sont des tapettes !

Claire sursaute à ce mot devenu très incorrect. Elle manque s'étrangler :

— Qui t'a appris ce vilain mot ? fait-elle en s'assurant autour d'elle que personne n'a entendu.

— Tout le monde le dit à l'école. On dit aussi des pédés, des pédales et pour les filles on dit des gousses ou des gouines… Y en a même qui disent des « lèche-biche »… Moi, je trouve ça plus comique…

— Tais-toi, tais-toi ! Tu parles beaucoup trop fort ! Eh bien, ce n'est pas beau du tout ! Ces gens-là ont droit au respect, comme tout le monde. L'essentiel, c'est qu'ils s'aiment. Il faut reconnaître leur différence…

Cyril est toujours dans les cinq premiers de sa classe, il prend un air connaisseur :

— Oh, je sais ! On ne nous parle que de ça à la morale. Pour quelqu'un qui est trop gros, si on dit, gros lard ou grosse patate, c'est une injure. Il faut dire « qu'il souffre de problèmes de poids excédentaire »... ou d'un « excès pondéral ». Si quelqu'un est sourd comme un pot, il faut dire qu'il est « malentendant ». Pour un aveugle, on dit un « malvoyant ». Il ne faut jamais dire clochard, il faut dire un « sans domicile fixe » ou un « citoyen qui fait partie du quart-monde »... L'autre jour Lucette s'est fait coller parce qu'elle a dit à Willy qu'il était un clodo. Moi j'ai déjà failli dire la même chose à Willy au cours de gym. Ses pieds schlinguent, c'est une vraie infection ! C'est ça sa différence !

Claire est visiblement très satisfaite de la bonne éducation qu'on donne à son fils :

— C'est très bien, je vois que tu écoutes bien ce qu'on te dit. Par exemple, papa est au chômage. Tu le sais. Tu sais ce qu'on dit dans ce cas ?

Fièrement Cyril rétorque :

— On dit qu'il est « demandeur d'emploi ».

— C'est formidable, tu connais bien ta leçon.

— Dis, maman ?

— Quoi ?

— Est-ce que ça a beaucoup changé depuis que papa n'est plus chômeur ? Je veux dire...

Est-ce qu'il en a trouvé ?

— Est-ce qu'il a trouvé de quoi ?

— Ben… du travail ?

— D'abord, papa est toujours chômeur, bien qu'il soit « demandeur d'emploi »… Et probablement…

— Probablement ?

— Probablement, il ne trouvera plus jamais de travail !

Cyril est un peu estomaqué par cette réponse. Il l'encaisse. Il pensait que c'était moins grave d'être « demandeur d'emploi » que chômeur.

Claire et son fils continuent à se balader. Cyril est un peu déçu par les chars de travestis. Il préfère nettement les vraies dames. Il les trouve plus jolies. Mais comme il ne veut pas faire de la peine à sa maman, il se tait.

— Dis maman ?

— Quoi ?

— Tous les gens qui sont ici, sont homosexuels ?

Avant de répondre, Claire regarde avec un peu d'inquiétude autour d'elle, fait une rapide statistique :

— Oh, non ! Il y en a beaucoup. Mais beaucoup d'autres ne le sont pas. Ce sont des curieux, comme nous. Ils sont venus voir…

— Ah, oui ! Comme on va voir à Paradisio ?

— Oui… Enfin, non ! Tu as toujours de ces

comparaisons... Toi, alors !

Cyril se demande comment sa mère a pu distinguer si vite ceux qui étaient homosexuels de ceux qui ne l'étaient pas. Soudain, une évidence le frappe. Des hommes entourent les épaules de leur fiancée, leur donnent le bras. Cela n'a rien d'étonnant. Il arrive que papa fasse ça aussi avec maman. Mais d'autres couples sont plus surprenants. Des hommes se tiennent par la main, l'un d'eux enlace tendrement un autre homme. Même chose chez certaines femmes. Une blonde tient le petit doigt d'une autre blonde. Une brune caresse la nuque d'une autre brune. Maintenant Cyril est sûr d'avoir reconnu la différence. Mais une chose le tarabuste :

— Dis maman...

— Je t'écoute.

— Au cours de morale la dame a dit que la plus grande différence entre les hommes, c'était la différence sexuelle...

— Oui, et alors ?

— Quelle que soit la couleur de peau, la région du globe, la culture, la religion... Par exemple, une femme de la tribu des Hottentots et plus proche de toi que d'un homme de la tribu des Hottentots... Et moi, je suis moins différent d'un petit Chinois que de Cindy, ma grande sœur...

— Oui, c'est vrai... C'est la différence essentielle. C'est d'ailleurs un beau camouflet pour les racistes !

— Mais alors…

— Mais alors ?

— Les homosexuels sont différents parce qu'ils ne sont pas différents ? Je veux dire entre eux… Ils ne savent pas ce que c'est la différence des sexes… Et c'est pour ça qu'ils sont différents… de nous, par exemple ?

Claire fronce les sourcils. Elle n'avait jamais envisagé la question sous cet angle. Elle préfère réserver sa réponse pour plus tard. Mais Cyril ne finit jamais de poser des questions :

— Maman ?

— Quoi encore !

— Et comment ils font, les homosexuels, quand ils sont au lit ? Ils se frottent ?

— Chut… Tais-toi ! Il y a des gens qui écoutent…

Claire a rougi. Elle ne s'attendait pas à des questions aussi précises. Elle doit s'avouer qu'elle ne sait pas trop que répondre. Elle n'a aucune pratique en ce domaine et n'a jamais tenté l'expérience. Mais son fils insiste :

— Hein, maman ?

— Écoute, tu demanderas ça à papa… Il te répondra mieux que moi.

Mais Cyril a surpris une scène qui se passe sur un char. Deux hommes s'embrassent sur la bouche. Fougueusement.

— Maman, maman ! Tu as vu ? Ce qu'ils font, les Messieurs ?

— Eh bien, oui… J'ai vu…

— Mais c'est dégoûtant !

— Pourquoi tu dis ça ?

— Ben, je sais pas, moi...

Et Cyril s'imagine en train d'embrasser comme ça ses copains de classe. Il les passe en revue. Avec Jean-Pierre, Laurent, Marc. Dégueulasse ! Jean-Pierre est sale, Laurent a des boutons et Marc a toujours de la morve sous le nez. Mohammed est une brute. Willy, n'en parlons-pas, il sent mauvais. Driss, lui, semble plus acceptable : il ressemble à une jolie fille. On l'a surnommé : « la gamine ». Ce qui le rend fou-furieux. En attendant, pour une gamine, il cogne sec. Il n'est pas un modèle de douceur. Avec les filles, en revanche, Cyril ne dirait pas non, au moins avec trois d'entre elles : Laure, Jeannine et Aïcha. Par contre, Lucie, la grande perche, est aussi sèche qu'une planche à repasser. Elle ressemble trop à un garçon. Lucette est jolie, mais c'est une vraie peste et Suzanne, c'est la « grosse patate »... Finalement, parmi les filles qu'il connaît, celle qu'il préférerait embrasser sur la bouche, c'est Cindy ! Et Cyril poursuit son idée :

— Ben, je n'ai vraiment pas envie d'embrasser un garçon sur la bouche... Je pourrais le faire avec quelques filles... Et celle avec qui je préférerais, c'est Cindy !

— Hein ! Quoi ? Tu ne parles pas de ta sœur, j'espère !

— Ben... Si ! Je la trouve jolie... J'aime bien la voir toute nue... Et je pense souvent à elle quand je… Enfin, quand…

Claire en reste sciée. Son fils n'a pas l'air de plaisanter. C'est ce qui est le plus grave. À l'heure actuelle ce genre de relation n'est pas du tout admise. Elle n'est pas à la mode. On la trouve contre nature…

— Mais tu es fou ! C'est de l'inceste !

— C'est quoi, l'inceste ?

— C'est… C'est avoir des… Des relations dans une même famille… Par exemple… Toi avec ta sœur… Ou bien ton père, avec… Cindy.

— Ou toi, avec moi ?

— Oui… Si tu veux… C'est ça… C'est horrible…

— Oh, ne t'en fais pas maman… Je te trouve bien trop vieille !

— Eh bien, merci !

Claire se sent un peu vexée de ce jugement sans appel de son fils. Elle se sent aussi un peu jalouse de sa fille… Cindy a des formes parfaites. Il est vrai qu'elle n'a pas eu deux maternités, elle. Brusquement, elle ne sait plus si elle a bien fait de venir ici. N'a-t-elle pas fait qu'ajouter un peu plus de confusion dans l'esprit de Cyril ? Dans le temps presque tout le monde considérait l'homosexualité comme anormale. Aujourd'hui, ce sont ceux qui n'aiment pas ça qui sont considérés comme anormaux. Pourtant, si tout le monde était homosexuel, il n'y aurait plus d'enfants… C'est quand même un comportement légèrement antisocial… Dans le temps, l'Église désignait « ce vice » comme un péché « qui criait vengeance au ciel. » Bientôt, les homosexuels se marieront à l'église. Aux États-Unis, il y a peu, c'était encore un « crime » depuis, on y célèbre des mariages homo en grande pompe. On est passé d'un excès à l'autre. D'un intégrisme à l'autre. Et puis... en Grèce, les hommes filaient le parfait amour pendant que les femmes étaient au gynécée. Seules les riches patriciennes s'isolaient dans l'île de Lesbos. Peut-on dire que les Grecs anciens connaissaient une sexualité épanouie ? Les animaux ignorent l'homosexualité, sauf en captivité. Bien sûr, ils ne se livrent pas à des massacres non plus. Ni aux guerres, tous ces bienfaits de la civilisation. Après tout, qu'est-ce qui est naturel, qu'est-ce qui ne l'est pas ? Claire n'en sait plus rien elle-même.

— Je pense qu'on va rentrer, fait-elle.

— Dis, maman ? Je voudrais savoir...

— Je te préviens, si c'est encore pour poser une question stupide, tu ferais mieux de t'abstenir...

Claire regrette aussitôt son mouvement d'humeur, elle risque de perdre la confiance de Cyril. Ce n'est pas le but recherché. Après tout, c'est elle qui l'a fait venir ici. La moindre des choses est de répondre à ses questions. Aussi dérangeantes soient-elles. Radoucie, elle ajoute :

— Allons, vas-y.

— Pourquoi, toi et papa, vous ne vous embrassez jamais sur la bouche ? Même devant nous, c'est très rare… Vous ne vous aimez plus ?

Claire doit s'avouer que son fils a l'art de retourner le couteau dans la plaie.

— Mais, non ! Ce n'est pas ça… C'est parce que nous estimons que… Il y a des choses qu'il vaut mieux faire en privé… Quand on est heureux, il n'y a pas besoin… de l'afficher partout… Voilà. Et puis…

— Et puis ?

Claire se mord les lèvres, elle n'aurait rien dû dire de plus. C'est avec embarras qu'elle ajoute :

— Eh bien… Ce n'est plus tout à fait comme au début… On se connaît tellement… On est peut-être un peu moins amoureux qu'avant… C'est devenu comme une sorte d'habitude…

Claire s'est un peu forcée pour faire cet aveu. Elle se sent envahie par un vague sentiment de nostalgie. Mais, Cyril a l'air satisfait de ses réponses. Il n'insiste pas. Son attention vagabonde s'est déjà fixée sur de beaux grands ballons, rouges, bleus, verts et orange.

— C'est quoi tous ces ballons ?

— Ce sont les chars des partis politiques… Ils y sont tous, les libéraux, les socialistes, les écolos, les chrétiens…

— Pourquoi ? Les partis politiques sont tous homosexuels, eux aussi ?

— Mais non, sot ! Ils sont en campagne électorale. Ils viennent se montrer… Pour grappiller quelques voix. Allons, viens !

Et pendant qu'elle emmène vivement Cyril par la main, Claire réfléchit : la mode des « gay pride » nous vient en droite ligne des États-Unis et, comme tant d'autres choses, on l'a admise sans discernement. Elle se demande si elle ne vient pas d'assister à une des manifestations de la pensée unique. Plus précisément à ce qu'on appelle le « politiquement correct »…

Un, deux, trois,

quatre, cinq, six,

sept

Quelquefois, au printemps, je vais au cimetière, je jette sur sept jolies petites tombes sept violettes parfumées et sept petites larmes de crocodile...

Un, deux, trois, quatre, cinq, six, sept…

Violette à bicyclette !

Il y en a qui croient que c'est très difficile de se débarrasser de gens devenus gênants. C'est complètement faux ! Ainsi, moi, j'ai déjà sept crimes parfaits à mon actif. Pourtant, j'ai à peine treize ans...

À sept reprises, j'ai pu réaliser ce rêve merveilleux que chacun caresse au moins une fois dans sa vie : rayer de la surface du globe quelqu'un qu'on ne peut plus supporter.

À part cela, rien ne me distingue d'autres gamines de mon âge : ni grande, ni petite, ni grosse, ni maigre. À l'école, je travaille facilement, sans plus, et l'on m'attribue un bon caractère. D'ailleurs, j'ai décroché le prix de camaraderie pendant deux années consécutives. J'ai une arme cependant : une petite gueule d'ange avec de grands yeux bleus, un regard limpide comme de l'eau claire. Ce qui fait que je peux raconter les pires mensonges. Tout le monde me croit.

Ce que les grandes personnes peuvent être bêtes de s'imaginer que les enfants sont tous innocents. Qu'ils sont tout blancs, tout purs. Qu'ils sont incapables de mettre au point des plans diaboliques.

Sept fois de suite, donc, à quelques mois d'intervalle, j'ai dansé de joie après l'élimination de personnages que je détestais de toutes mes forces.

La toute première fois que j'ai employé ma science, c'était il y a trois ans à peine. Mon petit frère, Ivan, était devenu tyrannique. Mes parents lui faisaient tous ses caprices et n'hésitaient pas à me punir pour ses bêtises ! C'était trop fort ! Petit à petit, je m'étais mise à le détester...

Un jour, j'eus une occasion trop belle pour la laisser passer. Maman était partie faire ses courses et Ivan était en train d'entasser ses jouets, surtout des petites autos, des locomotives, des chariots, tous des trucs qui roulent, sur la plus haute marche du grand escalier de pierre qui donne sur notre hall d'entrée...

Je le tenais. J'ai commencé par le gronder :

— Petit imbécile ! Tu veux nous faire tous tomber ? Je te défends de mettre tes jouets là ! Tu m'entends ? Descends-les immédiatement !

Je devinais qu'il allait faire exactement le contraire de ce que je lui disais. En effet, la petite ordure se mit à empiler tous ses jouets à roulettes sur le palier surplombant la redoutable descente... Il n'y avait plus la place pour poser un pied ! Il me narguait !

Quand j'ai jugé que le tas était suffisant, je l'ai appelé tout doucement :

— Ivan ! Ivan-an ! Mon petit chéri...Regarde !

J'ai quelque chose pour toi…

Étonné de ma gentillesse, il a relevé la tête et regardé le morceau de chocolat que je lui tendais… Ivan avait la détestable habitude de se gaver de chocolat et était capable de tout pour s'en procurer. Ses yeux se sont agrandis, son visage a rayonné. Hypnotisé, il ne regardait plus que le morceau entre mes doigts. Il se redressa, se précipita, essaya de courir, perdit l'équilibre et… Hop-là, patatras ! Doux Jésus ! Ce fut la dégringolade la plus spectaculaire que j'aie jamais vue ! Même les cascadeurs d'un film catastrophe de la télé ne font pas aussi bien. J'ai eu juste le temps de crier :

— Je t'avais prévenu !

Vingt marches ! Je les avais comptées. Ivan se cogna violemment contre la dernière. Ses yeux battirent comme des papillons, puis devinrent fixes après deux ou trois soubresauts de sa poitrine. C'était bien fait ! Il n'avait eu que ce qu'il méritait.

Lorsque maman rentra, elle piqua une vraie crise. Elle me remarqua à peine, surtout que j'étais en train de hoqueter de rire, que les larmes coulaient le long de mes joues et qu'on pouvait croire que c'était le chagrin qui me secouait ainsi. D'ailleurs, je passe facilement du rire aux larmes…

Ivan s'était rompu la nuque et tué sur le coup. Le soir même, dans la tiédeur de mon lit, mon ours en peluche serré sur le cœur, j'ai dégusté le morceau de chocolat, faisant disparaître l'arme du crime… J'avais bien gagné cette petite récompense.

Au début, surprise du succès inespéré de cette première tentative d'assassinat, je n'imaginai pas recommencer de sitôt... Mes parents, très tristes, étaient beaucoup plus gentils avec moi. Ils reportaient toute leur affection sur leur petite fille et ne me refusaient plus rien. J'étais redevenue la petite reine du foyer...

Quelques mois après l'enterrement d'Ivan, je me suis confessée au curé de notre paroisse. Je lui racontai, sans omettre le moindre détail, comment s'était déroulée la triste fin de mon petit frère. Le gros idiot ne voulut pas me croire ! Il sortit du confessionnal et me consola... C'était normal qu'après un deuil si douloureux je roule dans ma petite tête des idées noires et que j'éprouve un sentiment de culpabilité, qu'il disait... Je ne devais pas chercher à m'accuser, à me rendre responsable de la mort d'un être que j'aimais, etc. Il conclut sa tirade par cette phrase, restée gravée dans ma mémoire :

— Du courage, petite... Va en paix !

J'eus de cette manière la confirmation que mon crime était plus que parfait : je pouvais même le raconter dans tous ses détails, personne ne me croyait, personne ne me croirait jamais.

Cela me donna l'idée de remettre ça, en plus perfectionné encore... La sensation de décider du destin des autres était grisante. J'avais le pouvoir de faire cesser la misérable existence de tous ceux qui me marcheraient sur les pieds.

Cyril fut le deuxième de ma liste. Ce sale petit mec, gras et prétentieux, réussissait toujours tout. Il avait toujours de la chance. En plus, il en pinçait pour moi et ne me lâchait plus d'une semelle. Sûr de sa victoire, il devenait épouvantablement collant... Je le pris en aversion et n'eus plus qu'à attendre le moment de lui régler son compte...

L'occasion se présenta un après-midi de printemps que nous nous promenions ensemble le long du canal. Encore une fois, un scandaleux concours de circonstances me servit : à cet endroit, le bord était presque vertical et fort élevé, couvert d'herbes folles ; de fausses renoncules d'un jaune éclatant poussaient dru, les pieds dans l'eau ; j'adore ces fleurs...

Je tombai en arrêt devant elles. Cyril stoppa derrière moi ; je sentais son souffle précipité dans ma nuque. Il suivit la direction de mon regard et considéra les fleurs brillantes. Croyant avoir trouvé un moyen infaillible de me séduire, il s'écria :

— Attends, je vais t'en cueillir !

Je m'insurgeai contre cette folie, pour mieux l'y inciter :

— Tu es fou ? Tu ferais ça pour moi ? Je ne le veux pas !

En même temps, je lui décochai un sourire si doux qu'il crut que je succombais à son charme. En réalité, Cyril était en train de flirter avec la mort... Il s'empressa :

— Si, si ! Tu vas voir !

— Tu vas te noyer, tu ne sais même pas nager !

Je tenais à ce qu'il fût entièrement responsable de ses actes... Cette dernière phrase l'émoustilla encore plus. Il s'agrippa aux herbes et entreprit sa périlleuse descente. Il parvint à peine à effleurer les jolies plantes. La touffe à laquelle il se retenait craqua. Il fit un énorme plouf ! dans les eaux crasseuses qui engloutirent son corps replet. Il remonta plusieurs fois, avalant de larges rasades de ce bouillon dégueulasse. N'écoutant que mon devoir, je lui tendais une branche... juste un peu trop courte ! Cette fois-là, je faillis faire coup double. Un monsieur, entendant mes appels au secours, se jeta à l'eau tout habillé pour tenter d'en tirer mon chevalier-servant. Le bonhomme faillit se noyer.

Je fis très calmement ma déposition à la police, en m'en tenant – pourquoi pas ? – à la stricte vérité. Je suis parvenue à écraser deux ou trois larmes que les braves policiers attribuèrent à mon émotion. Le monsieur qui m'avait si gentiment aidée confirma mes dires ! De toute évidence, il s'agissait d'un accident.

Jusque-là, ça faisait deux !

Je ne raconterai pas comment Pierre, le troisième, roula sous le tram alors que j'avais laissé tomber sur les rails le journal cochon qu'il tenait absolument à me faire lire, ni dans quelles circonstances Karen, la quatrième, dégringola d'un arbre où elle s'obstinait à cueillir de belles poires. Elle avait posé son échelle sur une branche pourrie que je lui avais montrée. Je n'oublierai jamais la façon comique dont Angèle, la cinquième, une sale vantarde, se tua pendant un cours de gymnastique, en lâchant ses mains du haut du grand cadre, j'avais parié avec elle qu'elle n'oserait jamais le faire, ni la manière tout à fait originale dont Sylvia, la sixième, s'électrocuta dans son bain parce qu'elle avait décidé d'en réchauffer l'eau avec un fer à repasser que je lui ai tendu en lui disant pourtant de faire attention... Ce serait trop long et fastidieux.

Mon principe est toujours le même et d'une simplicité enfantine : utiliser les travers de ceux que je veux supprimer afin qu'ils les retournent contre eux-mêmes et périssent dans des circonstances accidentelles. Chaque fois, je les ai prévenus du danger. Aucun n'a voulu me croire.

Après, je raconte avec précision la version exacte des faits, en ne taisant que ma subtile influence sur leur déroulement. Quelle arme redoutable, la vérité !

Jusqu'à présent, personne encore ne m'a soupçonnée. Il arrive même que l'on me plaigne sincèrement de la malchance qui s'acharne contre moi, frappant tous ceux qui m'approchent, jalonnant mon existence de deuils, de catastrophes et de malheurs...

— La pauvre petite ! Ce qu'elle est courageuse...

Je vais terminer par le récit de la mort de Violette qui constitue le couronnement de ma carrière et un aboutissement complet de mon art. À cette occasion, je suis parvenue à impliquer un tiers dans l'assassinat que j'avais prémédité et mûri pendant des semaines.

Depuis longtemps, Violette me tapait sur le système. Cela faisait des années qu'elle me surpassait en tout. Toujours brillante en classe, belle, sportive, rayonnante de santé, elle était parfaite. Trop parfaite ! Elle n'avait qu'un défaut : elle aimait être toujours la première... Je devins sa copine et je pris l'habitude d'aller me balader à vélo avec elle. Au cours de ces promenades, nous faisions la course et je la laissais gagner le plus souvent. Du coin de l'œil, j'observais sa joie indécente quand elle gagnait... Franchement, elle était écœurante.

J'attendais ma revanche !

Ce mercredi là, je décidai qu'elle était occupée à vivre ses derniers instants : comme d'habitude, nous avons fait la course, mais cette fois, je dépensais une énergie sauvage à la semer ; mes jambes grêles mais robustes poussaient sur les pédales avec une force satanique et désespérée ; de temps à autre, je me retournais pour lui adresser un sourire de triomphe. Elle fut bientôt mûre : je voyais la rage défigurer son visage. Je l'excitais encore en lui criant de temps en temps :

— Tu vas crever, ma vieille ! Tu vas crever…
Fais gaffe !

Comme j'étais devant elle, j'empruntai la piste
cyclable qui, à un endroit de son parcours, traversait
l'entrée d'une bretelle d'autoroute extrêmement
dangereuse. Aveuglée par son envie de vaincre, elle
ne remarqua rien. Un peu avant d'arriver au
croisement fatidique, je perdis progressivement du
terrain. Violette me dépassa en trombe et se
retourna en me tirant la langue. Elle ne fit aucune
attention au camion-citerne qui arrivait à fond de
train...

Elle et ses jolies jambes de garce disparurent
en dessous, tandis que je freinais à bloc et que je
hurlais un rien trop tard :

— Attention ! Tu es folle !

Les lourds pneumatiques du mastodonte
n'avaient pas fait le détail ! Dieu du ciel, le spectacle
était tellement horrible que j'ai eu beaucoup de mal
à en examiner les sanglantes particularités.

Effectivement, Violette était folle et comme
les autres, comme tous les autres, je l'avais avertie.
Le camionneur, lui, n'est pas mort. Mais ce grand et
fort gaillard n'a plus jamais osé toucher à un volant,
et ne s'en est jamais remis ! Je l'ai appris plus tard.
Je suis entrée dans sa vie de manière fracassante.

Quant à moi, je me porte de mieux en mieux
et j'ai encore beaucoup d'autres projets... Plus
grandioses les uns que les autres ! Quand je serai
vieille, je les décrirai dans mes mémoires et cela me

rapportera beaucoup d'argent.

Quelquefois, au printemps, je vais au cimetière, je jette sur les sept tombes sept violettes parfumées et sept petites larmes de crocodile...

Un, deux, trois, quatre, cinq, six, sept...

Violette à bicyclette !

Une fleur pour

l'inspecteur Joly

Tout avait commencé d'une manière banale. L'inspecteur Joly avait reçu une lettre anonyme, tapée sur une vieille machine. Le texte en était relativement classique :

« Prenez garde à votre santé, mon petit Joly. Les gens sont si mauvais !

Signé : Quelqu'un qui vous veut du bien… »

L'enveloppe avait été postée au centre de Bruxelles. Sans doute non loin du bureau de la police fédérale. Elle était rose et parfumée. Envoyée par une femme ? Pas sûr, c'était sans doute d'une ruse.

Avec un haussement d'épaules, il avait déchiré la lettre et l'avait jetée à la poubelle.

« Ce n'est pas la première fois, ce ne sera pas la dernière », avait-il pensé.

Puis cela a recommencé deux ou trois jours après : encore une enveloppe rose, toujours les caractères d'une vieille machine. Probablement une Remington dont le ruban était très usé. Le bureau de poste d'où le poulet provenait avait changé. Cette fois l'inspecteur Joly relut le message :

« Vous ne faites pas attention à mes avertissements et vous avez grand tort ! Pourquoi avoir déchiré mon mot d'amour et l'avoir jeté à la poubelle ? Vous vous en mordrez cruellement les doigts, mon cher mignon Joly. Signé : une fine mouche qui vous espionne à tout moment. »

Ce message tracassa l'inspecteur. Cette fois, il le rangea soigneusement dans un dossier. Ce quelqu'un savait donc ce qu'il faisait à la minute près ! Cela donnait froid dans le dos. Un de ses collègues s'amusait-il à ses dépens ? Qui ?

Trois personnes travaillaient dans le même bureau que lui. Deux hommes et une femme.

La femme ? Non, impossible ! Marc Joly la connaissait depuis plus de dix ans. Janine était entrée en même temps que lui à la police judiciaire. Ils avaient mené plusieurs enquêtes ensemble. Les deux types alors ? Jacques et Pierre sortaient de la gendarmerie. Ils étaient là depuis deux mois à peine. La police unique ne s'était pas faite sans tiraillements. Les grades étaient différents. Les salaires aussi. Les nouveaux faisaient sentir qu'ils provenaient de l'armée. Ils connaissaient la discipline, eux ! Ils avaient eu un entraînement militaire, eux ! On se tirait la gueule, on se disait à peine bonjour. Mais de là à monter une plaisanterie d'aussi mauvais goût, il y avait un pas !

Le troisième mot confirma les premiers soupçons de l'inspecteur Joly : « Petit con, ouvre donc les yeux, la clef de l'énigme se trouve tout près de toi ! Nous allons t'enc... Sale type ! Tes jours sont comptés... » L'enveloppe n'était plus rose, mais bleue. La lettre était composée de caractères découpés dans des revues et un affreux dessin les accompagnait. Un dessin montrant un postérieur tout nu... qui se faisait... par une matraque ! Marc en était sûr maintenant : seuls des hommes avaient pu imaginer un truc aussi vulgaire. Cela sentait la caserne, cela sentait le corps de garde, cela sentait la « gamelle » pour employer le terme qui désignait les militaires de carrière. Et donc les gendarmes ! La guerre des polices allait-elle renaître ? L'inspecteur classa rageusement cette nouvelle pièce à conviction. Il en parla à Janine en laquelle il avait une confiance absolue.

— Fais examiner ces lettres par le labo de la police criminelle ! lui conseilla-t-elle.

Ce que Joly fit. Rien ! Les résultats étaient négatifs. Le corbeau prenait soin de ne laisser aucune empreinte digitale. Il opérait sans doute avec des gants… Les relations devinrent très tendues entre les anciens de la Police Judiciaire et les ex-gendarmes. On ne se saluait plus du tout et des scènes éclataient pour des futilités.

Dans le pays, tous les services d'ordre étaient sur les dents. On recherchait partout des terroristes. Dans tous les métros on fermait soigneusement les poubelles des stations. Dans les gares, les surveillances étaient renforcées ainsi que dans les aéroports. Plusieurs personnes eurent des ennuis pour avoir été trouvés en possession d'une lime à ongles ou pour avoir entreposé dans leur cave un flacon d'esprit de sel, du soufre en trop grande quantité ou de la poussière de charbon. Après tout, avec ces ingrédients, il y avait moyen de fabriquer des bombes ! Puis, outre-Atlantique, il y eut l'alerte à l'anthrax. Un inconnu s'amusait à envoyer des lettres contenant ce dangereux microbe. Certaines personnes moururent pour les avoir ouvertes imprudemment et avoir inhalé une poudre blanche qui ressemblait un peu à du sucre. Entre temps une nouvelle lettre atterrit sur le bureau de Joly.

Cette fois, elle était manuscrite, d'une belle écriture légèrement tremblée. Le corbeau faisait des efforts pour se faire passer pour qui il n'était pas. À gauche de l'adresse, en haut, le mot « haut » apparaissait et, en bas, le mot « bas ». Entre les deux, « fragile » avec un triple point d'exclamation. Tout en dessous : « À manier avec la plus extrême précaution ! » Au dos de la lettre, après expéditeur, la même personne avait inscrit : « Monsieur de Perlimpinpin, 5, avenue de la Poudre, quartier de l'Éternité. » Joly devint très pâle et montra l'envoi à Janine.

— Il n'y à pas à hésiter, fit-elle.

Elle composa immédiatement le numéro des services spécialisés en déminage, désinfection et décontamination qui luttaient contre les chausse-trappes, poisons, machines infernales et pièges en tous genres. Leur entrée ne passa pas inaperçue dans le bâtiment de la police fédérale. On aurait dit des astronautes. Ils étaient revêtus de combinaisons blanches étanches, étaient munis de masques à gaz, de tuyaux, de lances d'arrosage et d'outils spéciaux. L'un d'eux hurla au travers d'un micro qui donnait à sa voix un accent d'outre-tombe :

— Allons, tout le monde dégage, vite ! Tout peut sauter d'un moment à l'autre !

Les deux gendarmes parurent très surpris. Apparemment, ils n'étaient pas dans le coup. Ou alors, ils jouaient drôlement bien la comédie.

L'inspecteur Joly eut encore le temps de voir par la porte entrouverte le spectacle étrange d'une enveloppe saisie par deux énormes pinces et soigneusement enfermée dans un grand sac en plastique. Il suffisait d'attendre les résultats des analyses.

Ceux-ci arrivèrent le lendemain. L'enveloppe ne contenait rien du tout. Elle était complètement vide ! Par contre, la facture des services de décontamination n'était ni vide ni légère.

Les deux gendarmes riaient sous cape, ce qui raviva les soupçons de l'inspecteur Joly.

— Tu as vu, ils se foutent de ma gueule, lança-t-il à sa collègue. Ils cherchent à me ridiculiser ! Peut-être même qu'ils espèrent que je me fasse virer.

Janine fit une moue qui indiquait son scepticisme :

— Je n'y crois pas ! fit-elle. Ils sont trop sérieux pour se livrer à ce genre de gamineries. Ils n'ont pas le moindre sens de l'humour… Et puis, ils sont bien trop respectueux de l'ordre ! Il faut chercher ailleurs… Mais où ? A mon avis, tu es en danger… Est-ce que tu prends des précautions ?

L'inspecteur Joly n'était pas froussard. Néanmoins, il avait perdu le sommeil et dut recourir à des somnifères. Cela ne l'empêchait pas de se réveiller en sursaut pendant la nuit avec l'impression d'une présence malveillante dans sa chambre… Le matin quand il faisait démarrer sa Golf, il était plein d'appréhensions. C'est si facile de piéger une voiture ! On met le contact et tout pète. Quand il roulait, il n'était pas plus rassuré. On peut placer sous le moteur un kilo de plastic, relié à un système électronique, et le faire sauter en pleine circulation.

Il se confia à Janine.

—Tu n'as qu'à venir en métro, de chez toi, c'est assez rapide, non ?

Marc vint en métro et cela le tranquillisa pendant quelque temps. Surtout que les mystérieuses lettres n'arrivaient plus. Mais cela ne signifiait-t-il pas que le corbeau était prêt à passer à l'action ?

Et puis à l'étage au-dessus de son appartement, vivait toute une smala de Marocains. Le père était barbu, à cinq heures du matin, on l'entendait faire ses prières. Toutes ses filles étaient voilées. Quand ils ouvraient leur porte, on entendait des drôles de musiques et des enregistrements de mosquées. C'étaient sûrement des intégristes. Or, l'intégrisme mène au terrorisme aussi sûrement qu'un chameau traverse le désert. D'ailleurs ces Marocains ne lui disaient pas bonjour. Les filles détournaient les yeux à son passage et les grands garçons le toisaient avec mépris.

Mais il y avait plus grave : maintenant qu'il venait à son travail en métro, l'inspecteur avait la très nette sensation d'être suivi. Dès qu'un homme avec une sale tête sortait de son wagon, un autre homme avec une sale tête y entrait. Qu'est-ce que c'était au juste avoir une sale tête ? Marc n'aurait pu le dire, mais il sentait cela. Une tête trop basanée, une tête balafrée, une tête de terroriste, quoi ! À quoi pouvait ressembler une tête de terroriste ? Il observait le type, le type l'observait et ça ne ratait pas, dès qu'il empruntait l'escalator, un de ces individus le suivait. Marc connaissait les techniques de filature : on s'y met à quatre ou cinq. Quand on commence à se faire remarquer quelqu'un d'autre prend le relais. C'est ce que semblait faire une bande assez nombreuse qui fréquentait la même ligne que lui. À plusieurs reprises, Marc sortit précipitamment de sa rame, avant que les portes ne se referment, piqua un cent mètres pour sauter dans un métro qui filait dans une autre direction. Après, il ressortait de terre et sautait dans un bus après s'être assuré que personne ne le suivait. Cela lui valut des retards. Il devint très nerveux et négligea des dossiers urgents. Il se disputa même avec Janine qui finit par lui dire :

— Si tu prenais quelques jours de congé ? Non ? Tu as l'air tellement fatigué… Si tu continues comme ça tu vas craquer, mon vieux !

Le soir même, alors qu'il s'apprêtait à se coucher, un coup de sonnette retentit. Dans la rue : rien ! Les types étaient entrés dans l'immeuble. Il s'approcha doucement de la porte de son appartement, le doigt posé sur la gâchette de son revolver et regarda au travers de l'espion. Deux hommes se tenaient sur le palier. C'étaient des étrangers. Ils venaient peut-être pour lui régler son compte. Pourtant la tête du barbu lui dit quelque chose. Il ressemblait à … Mais oui, il n'y avait pas d'erreur… C'était bien son voisin du dessus, accompagné d'un homme plus jeune. Marc ouvrit prudemment la porte, une main toujours posée sur son arme. Le vieux parlait une langue gutturale pendant que le jeune traduisait :

— Mon père s'excuse, il ne parle pas très bien le français… Je traduis… Nous célébrons la fête du mouton… Il demande si vous voulez bien vous joindre à nous… Ainsi nous ferons connaissance…

Les deux hommes souriaient. Marc Joly hésita quelques instants, puis monta derrière eux sans plus réfléchir. Intérieurement, il se disait qu'il était peut-être en train de faire une grosse bêtise. D'abord, il dut enlever ses chaussures. On lui avait préparé des babouches, juste à sa mesure. Quand il pénétra dans le salon, il eut l'impression de pénétrer dans un palais. Tous les murs étaient couverts de magnifiques tapis. Des fauteuils étaient disposés autour d'une grande table basse. Les hommes se tenaient là. On entendait les femmes rire et bavarder dans une autre pièce. Comme s'il avait compris les pensées de l'inspecteur, le patriarche expliqua, aussitôt traduit par son fils aîné, Ali :

— D'habitude nous mangeons séparément, les hommes d'abord… Mais aujourd'hui, en votre honneur, nous mangerons tous ensemble…

Au début, l'inspecteur Joly restait sur ses gardes : si ces gens voulaient l'assassiner, ce serait pour eux un jeu d'enfant. Un de ces jeunes gaillards, souple comme un serpent, pouvait lui sauter sur le dos, lui trancher la carotide d'un coup sec. On n'aurait même pas besoin de lui enlever ses chaussures avant de le jeter dans le canal, c'était déjà fait. Il aurait dû au moins laisser un message sur son répondeur.

Pourtant, toute méfiance l'abandonna vite. Il se laissa gagner par l'extraordinaire ambiance de fête qui régnait dans cette famille. Il faut dire qu'on le traita comme un roi, ou plutôt comme un pacha. Il y eut d'abord plusieurs entrées délicieuses. Il n'en avait jamais mangé de pareilles avant. On apporta ensuite un grand plat dans lequel des abats de mouton baignaient dans leur sauce… Il fallait y tremper un drôle de pain plat qui se vendait dans des boulangeries dans lesquelles Marc ne se rendait jamais …

— Nous mangeons avec les doigts… Servez-vous… Ce sont les meilleurs morceaux…

Les jeunes filles apportèrent de l'eau citronnée dans de petites bouilloires pour se rincer les doigts. En le servant elles faisaient devant lui une petite révérence accompagnée d'un joli sourire. Puis les jeunes gens firent de la musique de leur pays à l'aide de petits tambours et de guitares. Leurs voix montaient très haut, comme si elles s'envolaient au-dessus de montagnes, au rythme de claquements de mains puissants et plus rapides que des castagnettes. Le paternel commença le rite immuable du thé marocain. C'était visiblement avec une grande satisfaction qu'il faisait monter et descendre le jet d'eau bouillante sur le sucre candi et la menthe fraîche. Ce breuvage tonifiant donna un bon coup de fouet à Marc, qui, le ventre plein, commençait à s'assoupir…

Les tam-tams avaient repris de plus belle. Ils étaient presque couverts par les you-yous des femmes et les claquements rythmés des mains.

Quand il eut fini, un des jeunes hommes s'avança vers l'invité, le salua et murmura :

— J'ai chanté pour vous, inspecteur !

— Hein ! Quoi ? Comment le savez-vous ? C'est… C'est incroyable !

Le vieux patriarche, marmonna quelque chose, en écartant les mains comme s'il se trouvait devant une évidence. Son fils aîné traduisit :

— C'est marqué sur votre sonnette… C'est comme ça que nous le savons !

Tout le monde éclata de rire, y compris Marc Joly.

Quand l'inspecteur prit congé de ses voisins, il était presque saoul, non pas à cause du tabac – personne n'avait fumé – ou de l'alcool – personne n'en avait bu une goutte –, mais à la suite de ce climat dépaysant. Il avait fait un voyage de milliers de kilomètres, un voyage des mille et une nuits. Presque un rêve. Qui fut interrompu par une grossière éructation à un étage du dessous :

— C'est bientôt fini tout ce tapage… Nous en avons marre… Allez faire tout ça au Maroc !

Alors, Marc Joly se sentit honteux d'être belge. Il crut bon de dire à ses hôtes :

— S'ils vous font le moindre ennui, n'hésitez

pas, prévenez-moi !

Le lendemain, Janine lui demanda de ses nouvelles :

— Alors tu as bien dormi ?

— Non seulement, j'ai bien dormi, mais avant ça, j'ai fait un petit tour à Marrakech, à Tanger ou à Fès, je ne sais pas exactement… Ça m'a drôlement changé les idées. Mais en tout cas, je ne soupçonne plus du tout mes voisins du dessus… Ce sont de braves gens…

En réalité l'inspecteur avait presque oublié l'auteur des lettres anonymes.

Ce dernier ne tarda pas à se manifester. Quelques jours plus tard un nouveau paquet fut déposé sur le bureau de Joly. Il était constitué de trois boites brunes, de plus en plus petites, insérées les unes dans les autres à la manière des poupées russes. L'expéditeur s'amusait à varier l'aspect de ses envois. Cette fois, le colis ne portait ni timbres, ni cachet de la poste, ni date d'expédition. Il était étrangement léger. Marc Joly se garda pourtant de faire appel aux services de déminage. A l'intérieur, dans une petite enveloppe, des mots entiers découpés de titres de journaux étaient mis en vrac.

Les deux gendarmes étaient justement en congé. Janine et Marc se mirent au travail.

Il y avait dix mots au total : « ta », « dernier » « peau », « j'aurai », « avertissement ! », « godasse », « ta », « exploser ! », « inspecteur ! » « va ». Ce n'était pas bien compliqué de les remettre dans l'ordre : « Dernier avertissement ! J'aurai ta peau, inspecteur ! Ta godasse va exploser ! » Marc s'affala sur son bureau, tout à fait découragé :

— Tu te rends compte, fit-il, il est venu le déposer lui-même ici ! Quel culot. Un jour, tu verras, il va ouvrir la porte, il aura une mitraillette sous sa veste et il nous fera la peau ! comme il dit.

Janine ne répondait pas, elle lui tournait le dos, songeuse, regardant par la fenêtre du bureau. Brusquement, elle s'exclama :

— Nous avons été stupides ! Et aveugles !

En même temps, elle s'écarta vivement de la fenêtre et poursuivit :

— J'espère qu'il n'a pas vu que je le voyais. Vite, il faut rassembler une dizaine d'hommes armés et aller l'arrêter ou les arrêter. Ils sont peut-être plusieurs… Vite !

— Tu veux bien m'expliquer ?

— Le bâtiment d'en face, de l'autre côté de la rue… Au cinquième ! J'ai vu le reflet de jumelles. Ici nous sommes au quatrième. Le type avait une vue plongeante, c'est pour ça qu'il était si bien renseigné… dit-elle précipitamment, en enfilant sa veste.

Il ne fallut que trois minutes pour rassembler les hommes. L'un d'eux sonna discrètement chez la concierge, se fit ouvrir et maintint la porte ouverte. Les membres de la patrouille, en civil, pénétrèrent ensuite dans le bâtiment, un à un, en se comportant comme s'ils se trouvaient là par hasard au milieu des passants. Trois hommes prirent l'ascenseur jusqu'au cinquième pendant que les autres grimpaient les escaliers, revolvers tenus à deux mains à hauteur des yeux, en utilisant le système de la protection rapprochée. Tout cela s'effectua dans le plus grand silence. Quand tout le monde fut arrivé sur le palier, l'inspecteur Joly prit la direction des opérations :

— D'après la disposition des lieux, ce doit être cette porte-ci, chuchota-t-il à l'oreille de Janine.

Il sonna et chacun s'écarta prudemment de la porte. On pouvait envoyer une rafale au travers du bois. D'abord rien ne bougea. Marc Joly sonna une deuxième fois. Alors on entendit une porte mal huilée, puis une sorte de trottinement léger. Une voix de femme, un peu cassée, criait :

— Voilà ! Voilà… Tout de suite… Une seconde ! J'arrive…

La porte s'ouvrit doucement sur une petite vieille, toute menue, la tête entourée d'un beau nuage de cheveux blancs. Elle était visiblement très étonnée de découvrir tant de monde sur son palier.

L'inspecteur Joly lui adressa la parole :

—Madame, nous vous prions de sortir de chez vous : de dangereux terroristes occupent sans doute votre appartement !

— Oh ! Vous êtes bien sûr ? Je ne vous crois pas ! C'est impossible !

Déjà trois hommes pénétraient dans le hall et armes au poing se disposaient près des entrées de l'appartement. Trois autres donnaient des coups de pied dans les portes et les quatre derniers se glissaient avec des ruses de sioux à l'intérieur.

La petite dame jubila :

— Oh, oui ! J'adore les films d'action !

Elle se préparait à suivre les opérations de près et Janine dut la retenir par le bras :

— Madame, vous risquez votre vie ! Attention ! N'y allez pas !

— Vous savez, pour le temps qu'il me reste à vivre… J'aimerais tant voir un vrai terroriste !

Deux hommes revinrent l'air dépité :

— Il n'y a personne, nulle part… Nous avons été partout, même dans la salle de bain, le coin cuisine, les toilettes et le placard à balais, rien ! Pas la moindre cachette, rien !

Marc Joly n'en revenait pas. Il pénétra à son tour dans l'appartement et se dirigea vers la pièce d'où l'on apercevait son bureau. La petite vieille trottait derrière lui comme une souris. Sur un bric-à-brac indescriptible se trouvait une paire de jumelles. Janine s'en empara et se tournant vers la dame la questionna :

— Et ça ? Qu'est-ce que c'est ?

— Ça ? fit-elle avec un large sourire, ce sont mes jumelles. Je m'en sers pour observer les oiseaux…

— Les oiseaux ? Il n'y en a pas tellement par ici, il me semble… L'un de ces oiseaux ne serait pas l'inspecteur Joly, par hasard ?

La petite dame répondit d'un air rusé :

— Ah ! C'est vous qui menez l'enquête… Je ne vais quand même pas trop vous aider.

Marc Joly venait lui aussi de faire une

découverte :

— Et tout ça, c'est quoi ?

Il désignait un bureau sur lequel s'amoncelaient, dans le plus grand désordre, plusieurs paires de ciseaux, des gants de femme, des lames de rasoir, des tubes de colle, des enveloppes de différents formats, des caisses en carton vides, des coupures de journaux, des caractères découpés. L'inspecteur saisit une feuille sur laquelle on pouvait lire : « Inspecteur, vous êtes un joli… » Il la brandit devant le nez de la vieille femme :

— Si ce n'est pas une preuve, ça ?

— À propos d'oiseau, nous tenons notre corbeau ! surenchérit Janine.

— Oh ! Vous exagérez ! Mais j'avoue ! fit la petite vieille, en croisant modestement les mains sur sa poitrine. Il vous en a fallu du temps pour me découvrir, alors que je vous laissais de nombreux indices. Avouez que vous aviez affaire à forte partie !

— Forte partie ou pas, nous allons vous arrêter, Madame ! s'exclama Janine.

La petite dame devint toute pâle, des larmes lui vinrent dans les yeux, les lèvres tremblantes, elle balbutia :

— Oh, non ! Vous n'allez pas faire ça ? Si vous saviez comme mes journées sont longues et ennuyeuses… Je n'ai aucune distraction… J'adore les histoires policières et les récits pleins de mystère, c'est plus fort que moi… Je voulais juste m'amuser un peu…

Marc Joly ne parvenait pas à en vouloir à cette petite bonne femme qui ressemblait furieusement à sa grand-mère. Il avait presque envie de l'embrasser. Quand il pensait à l'enfer qu'il venait de vivre, il lui était presque reconnaissant de ne pas être le dangereux terroriste qu'il avait imaginé. Il écarta d'un geste les deux agents qui préparaient les menottes :

— D'accord ! On ne vous arrête pas, mais à une condition !

Elle fixa sur lui un regard plein de crainte.

— Laquelle, Monsieur l'Inspecteur ?

— C'est de nous promettre de ne plus jamais recommencer, plus jamais vous m'entendez ! Il y a suffisamment de témoins ici et si nous entendons parler de la moindre histoire du même genre, gare à vous ! C'est compris ? Alors, jurez-moi que vous ne le ferez plus !

La petite vieille jura et cracha par terre d'une manière très symbolique. Quand l'inspecteur sortit de chez elle avec sa collègue et la patrouille, elle lui lança dans la cage d'escalier :

— Merci, Inspecteur ! Merci de m'avoir fait une fleur. Je vous le revaudrai. Je ne recommencerai plus, promis, juré !

Un mois plus tard, l'inspecteur Marc Joly fêtait son quarantième anniversaire. Personne ne savait exactement qui avait apporté une bouteille de champagne sur son bureau. On venait juste de déboucher celle-ci, lorsqu'un agent de la poste

apporta un colis express qui portait les mentions :
« précieux, à entourer des plus grands soins ».
L'inspecteur blêmit et se tourna vers Janine,
interrogateur. Il se décida et ouvrit enfin le paquet.
Il contenait une petite rose en pot d'un beau rouge
vif. Une carte l'accompagnait : « Pour les quarante
ans de l'inspecteur Joly, en souvenir d'une fleur
qu'il me fit jadis. À votre bonne santé. Signé : une
terroriste anonyme. » « PS. Placez l'engin sur
l'appui de votre fenêtre. »

Janine jeta un regard discret vers le bâtiment
d'en face :

— Elle nous observe avec ses jumelles, fit-elle.
Je pense que c'est le grand amour entre elle et
vous…

La cage folle

Bruce était inquiet. Il n'aurait jamais dû se trouver là. Et pourtant, c'était comme ça. Il avait tout entendu. Il avait pensé qu'il n'y avait plus personne à l'agence. La porte de son bureau était restée entrouverte et plusieurs personnages importants s'y étaient réunis avec son chef. À son insu.

Comme il était de coutume, dans l'agence, chacun portait un nom de code. Bruce était son surnom. Son chef direct s'appelait Puma. Jamais personne ne connaîtrait son identité véritable. Mais l'agence, toute-puissante, était capable de retrouver n'importe qui dans le monde entier.

Qu'est-ce qu'il lui avait pris ? Il avait écouté pendant une minute. Rien qu'une minute… Une minute de trop ! Il s'était trouvé là au mauvais moment. Il aurait mieux fait de se défiler vite fait, en supposant que les caméras de surveillance ne l'aient pas repéré.

Et ce qu'il avait entendu dépassait tout ce qu'il aurait pu imaginer. Jamais il n'aurait supposé que l'agence puisse faire des choses pareilles. Compromettre et discréditer à jamais l'un ou l'autre contestataire, c'était banal. Liquider l'un ou l'autre cinglé de la révolution, c'était de la routine. Organiser de faux attentats, passe encore ! Mettre sur pied des commandos de la mort, des opérations de blanchiment d'argent, des réseaux de trafic de drogue, tout cela était habituel… Mais là ! L'ampleur de l'opération le sidérait. Combien allait-elle entraîner de victimes innocentes ? Et pourquoi faire ? Ses patrons jouaient avec le feu... Ils ne pouvaient même pas prévoir les conséquences exactes de ce qu'ils allaient provoquer. Ils se comportaient comme des apprentis sorciers...

Bruce avait commis trois erreurs. Il s'était mis à crever de trouille ne sachant plus ou se mettre en entendant les choses horribles qui parvenaient à ses oreilles. Et il avait toussoté. Première erreur. A l'intérieur de son bureau un lourd silence s'était installé. Ensuite, il avait frappé à la porte ! À la porte de son propre bureau, quelle idiotie ! Deuxième erreur ! Il aurait dû entrer, franchement, jouer les ahuris en voyant tout ce beau monde. Mais non ! Et quand on lui avait demandé s'il avait entendu quelque chose, il avait hésité ! Oh ! Même pas une fraction de seconde. Mais c'était suffisant, cela n'avait échappé à personne. Troisième erreur ! Pour ces hommes, dressés à épier les moindres réactions de leur interlocuteur, déceler cette petite hésitation avait été un jeu d'enfant. Ils avaient su immédiatement, qu'il mentait. Qu'il avait entendu des choses... extrêmement compromettantes ! Or il y avait une règle absolue à l'agence : le cloisonnement des services. Nul ne devait fourrer son nez dans les missions spéciales des autres... Et cela pouvait entraîner... La mort !

Puma, qui méritait bien son nom, car sous des apparences bon enfant, c'était un vrai fauve, lui avait dit :

— Ce n'est rien, mon cher Bruce ! Nous

étions occupés à plaisanter. Qu'est-ce que tu fabriquais encore ici ? Rentre chez toi, il est tard… Et surtout, sois prudent !

Lorsqu'il avait prononcé sa dernière phrase, les autres avaient ricané.

Bruce était reparti sans demander son reste. Mais ce conseil, apparemment gentil, trop gentil, lui restait en tête : « Et surtout sois prudent ! » Quel genre de menace ces quatre mots pouvaient-ils dissimuler ?

Bruce n'osa pas prendre l'ascenseur. Ces machins-là peuvent se caler ou dégringoler brusquement dix-huit étages… Il dévala les escaliers de l'espèce de bunker où se trouvaient les locaux de l'agence. C'était une tour en pain de sucre qu'on aurait eu du mal à distinguer de n'importe quel siège de banque ou de multinationale. Mais tout autour de l'immense bâtiment, les consignes de sécurité étaient très strictes. Et la surveillance ne connaissait aucune relâche. Tout mouvement suspect était enregistré sous trois angles différents par de minuscules caméras-vidéos ultra-performantes. Même dans les escaliers.

Dans les garages, au sous-sol, Bruce retrouva rapidement sa voiture de service, une puissante Land-Rover, équipée d'un système informatique ultramoderne, un vrai bijou. Et l'engin pouvait atteindre les trois cents à l'heure sans effort. Tout était télécommandé à partir d'un satellite. L'ouverture des portes, le chauffage, le trajet qu'il suffisait de programmer au départ. Un feu-rouge s'allumait-il ? Les vitesses rétrogradaient et la machine s'arrêtait en douceur, utilisant à peine les freins. Il ne fallait pas la conduire, elle se conduisait toute seule, abordant les virages à la vitesse voulue. Quand il se trouvait dedans, Bruce se sentait en sécurité absolue. Tout était blindé, même les vitres.

Quand il s'approcha de cette merveille de la technologie moderne, Bruce eut le plaisir de voir le petit œil électronique qui se tournait vers lui. Le dispositif scruta son visage pendant quelques dixièmes de seconde. Une voix douce, féminine, lui parla :

— Bruce, s'il te plaît, décline ton numéro de code ! Tu sais bien que je suis obligée de le noter.

Bruce n'eut pas le trou de mémoire qu'auraient justifié les circonstances, il énonça sans hésiter :

« Z 7 AB 71.745. » Il avait dû l'apprendre par cœur et c'était en quelque sorte son matricule, sa seconde identité auprès de l'agence.

Bruce savait parfaitement qu'outre l'enregistrement du numéro de code, l'ordinateur mettait en route la reconnaissance vocale et s'assurait qu'il n'y avait rien d'anormal.

Quand il eut parlé, la portière s'ouvrit doucement et la voix suave lui dit encore :

— C'est très bien Bruce, installe-toi, n'oublie pas de programmer ton point de départ et ton point d'arrivée. Travaille, repose-toi, fais ce que tu voudras et… bon voyage.

Bruce se sentit soulagé. Tout avait fonctionné comme à l'accoutumée. Cela l'aurait fortement étonné que ses patrons puissent agir directement sur l'ordinateur du satellite. Pour le moment, en tout cas, tout baignait…

Était-ce à cause de la voix ensorceleuse qui s'adressait à lui, ou aux images publicitaires de filles nues posant sur les ailes de ce genre d'engin, Bruce avait baptisé sa voiture : « Cindy ». Et cette dernière avait enregistré dans sa mémoire ce nom féminin et répondait quand il lui adressait la parole. Une sorte de tendresse, d'amour, de dépendance mutuelle s'étaient installées entre l'homme et la machine.

Pendant tout le temps que dura la traversée de l'immense mégapole, Bruce admira encore une fois la superbe maestria de « Cindy ». Seul un chauffeur de taxi très expérimenté aurait pu déjouer ainsi les embouteillages, couper au plus court, adapter sa vitesse aux feux rouges, tout en consommant le moins d'énergie possible. Enfin les derniers faubourgs s'estompèrent avec leurs décors de misère et de crasse et Cindy s'engagea sans hésiter sur la petite route qui traversait un massif montagneux et une grande forêt, avant de rouler sur une piste rectiligne menant à l'énorme cité populaire où Bruce avait élu domicile. Il restait encore quatre-vingts kilomètres à parcourir.

Bruce avait envie de dormir. Cela faisait déjà trois nuits qu'il était sous tension, suite à une mission spéciale. Il n'avait pratiquement pas fermé l'œil. Pourtant, il voulait noter ce qu'il venait d'apprendre sur son petit ordinateur portatif. Il se cala confortablement contre le siège arrière du véhicule et commença son travail. Au bout d'un quart d'heure Cindy l'interrogea :

— Pourquoi ne dors-tu pas, Bruce ? Tu en as sacrément besoin…

Cette brusque sollicitude surprit un peu Bruce. D'habitude, Cindy ne s'occupait pas de se genre de détails. Il hésita un peu avant de répondre :

— Je… J'ai du boulot. Je… Je dois le terminer…

— Tu as donc appris des choses importantes, aujourd'hui ?

— Euh… Non… Je dois noter des contacts… Terminer des listes… Rien de spécial…

La curiosité de Cindy était également inhabituelle et pendant quelques instants, Bruce se demanda si sa voix n'avait pas changé un peu… De manière presque imperceptible. On aurait dit que Cindy devinait sa pensée, car elle ajouta immédiatement, comme pour le rassurer :

— Oh, tu sais, moi, je ne m'en fais pas pour ça… Tu es libre de faire ce que tu veux… Ma mission, c'est de te conduire en toute sécurité !

Sur ces mots, elle accéléra. Cela n'avait rien d'étonnant : sur les routes secondaires, quand la visibilité était parfaite et qu'elle ne détectait aucun policier, Cindy se permettait souvent des excès de vitesse.

Encore une fois, Bruce put admirer sa maîtrise parfaite des difficultés de la route. Elle prenait des virages à plus de cent-vingt à l'heure et c'était à peine si les pneus du véhicule crissaient. Mais cette fois, Cindy prenait beaucoup plus de risques. Un gros bloc de pierre dépassait du bas-côté du chemin. Elle fonça dessus. Le compteur de vitesse passa de cent-trente à cent quatre-vingts en quelques secondes. Bruce crut le choc inévitable, il ferma les yeux une seconde et se cramponna à la portière. En une fraction de seconde, elle redressa et évita l'obstacle…

— Qu'est-ce qui te prend ? Tu es devenue folle ?

— Je voulais juste te faire un peu peur… C'était bien joué ? Non ?

Elle éclata d'un rire cristallin…

— Oui, je t'admire, mais, je t'en prie, ne recommence pas !

— Ne t'en fais pas mon chou ! Sur la route, je ne fais jamais deux fois la même chose…

Elle accéléra encore. La route n'était plus rectiligne. Des lacets commençaient et à certains moments les virages surplombaient un fossé d'au moins dix mètres. Les accotements n'étaient pas stabilisés et des plaques de verglas luisaient à la lueur des phares.

Cette fois Bruce hurla :

— Cindy, va moins vite ! Je ne ris plus !

La voiture ralentit en douceur et se mit à ronronner, elle faisait quand même encore du cent à l'heure. Mais cela pouvait être considéré comme normal. Bruce poussa un soupir de soulagement. La voix de Cindy lui parvint encore :

— Je plaisantais un peu... Je voulais simplement te tester.

— Je préfère que tu sois sérieuse. On ne plaisante pas avec la sécurité.

— Bien chef ! Je ne le ferai plus. C'est juré.

Bruce profita du calme revenu pour terminer de prendre des notes sur ce qu'il avait entendu à l'agence. Il avait de quoi alimenter un gros scandale. Le tout était de faire parvenir ces renseignements à la presse. Mais comment ? Et à qui se fier ? Bruce savait que l'agence avait des gens partout, dans les journaux, les radios, les chaînes de télé. Ils occupaient souvent des postes d'où ils pouvaient tout contrôler...

Quand il eut fini, il repensa au comportement bizarre de Cindy. Et si... Et si le contrôle de la voiture avait échappé au satellite ? Ou pire, si le satellite avait reçu d'autres ordres en provenance de l'agence ? Par exemple de Puma ? Ou d'un de ses supérieurs ? Alors, cela voudrait dire... Qu'un accident est si vite arrivé ! Un accident mortel, bien sûr... Télécommandé... Inexplicable... S'il mourait, plus la moindre preuve ! Il ne pourrait plus raconter ce qu'il avait entendu. « Et surtout, sois prudent ! », lui avait conseillé Puma. Il décida de surveiller étroitement la conduite de son véhicule. Il quitta sa place douillette et rejoignit le siège du chauffeur...

Un grand pont métallique enjambait une rivière. Un tournant dangereux le précédait. Cindy se mit à accélérer. Elle recommençait ! Cette fois Bruce savait ce qu'il lui restait à faire. Il fallait couper le pilotage automatique et passer au pilotage manuel. C'était prévu en cas de déréglement de l'ordinateur de bord. Il activa la fonction « arrêter » et poussa sur le bouton. Mais la machine ne réagit pas comme elle l'aurait dû. Son écran de contrôle fut d'abord envahi de sortes d'éclairs, puis un message d'erreur s'afficha. Une phrase inscrite en rouge clignota : « Impossible d'arrêter ! » Le tournant se rapprochait dangereusement et Cindy fonçait comme une malade. Bruce enfonça la pédale de frein de toutes ses forces. Il ne rencontra aucune résistance, la pédale était complètement molle et s'était collée contre le plancher. Il tira sur le frein à main sans plus de résultat. Le virage n'était plus qu'à cinq mètres… La voiture dérapa, se souleva, fit un tête-à-queue et heurta le parapet du pont. Une aile fut arrachée et alla s'abîmer avec fracas dans les poutrelles avant de tomber dans la rivière bouillonnante. Mais Cindy semblait avoir repris le contrôle de la route, après avoir cogné deux ou trois fois les passerelles, elle retrouva miraculeusement l'équilibre… Et accéléra encore. Bruce fit encore un essai de déconnexion. Nouveau message d'erreur sur le tableau de bord ! En ce moment, Bruce maudissait tous les ordinateurs du monde. Quand leurs circuits se bloquent, ils peuvent devenir de vraies machines infernales…

La voix de Cindy lui parvint encore, plus douce que jamais :

— Qu'est-ce que tu essaies de faire, mon grand vilain ? Tu sais bien que je veux te garder en vie… Je suis chargée de te mener à bon port, non ?

— Mais… Mais tu conduis… Comme une folle… Je préfère que tu arrêtes… Arrête-toi ! C'est un ordre !

Mais Cindy semblait devenue sourde…

Alors Bruce fut rudement secoué… La Rover s'engagea dans un petit chemin sinueux, plein de cailloux. Le moteur rugissait… L'aiguille des vitesses, au maximum, vibrait… C'était un vrai cauchemar, des branches basses cassaient au passage du bolide. Les flaques de boue verglacée explosaient littéralement sous les chocs de ses pneus. Bruce s'attendait à un accident mortel d'un moment à l'autre… Les roues quittaient le sol et reprenaient rudement contact en secouant tout… Bruce cherchait désespérément un moyen de se protéger… Si au moins, il avait eu un casque !

Une idée folle lui vint à l'esprit. Il pouvait essayer de sauter… Pourvu que le lève-glace fonctionne, pensa-t-il.

Contre toute attente, il fonctionnait ! L'air glacial envahit la cabine.

Mais Cindy avait deviné ce qu'il voulait faire :

— Je ne te le conseille pas ! À cette vitesse-là, tu te tuerais à coup sûr, prévint-elle.

Cela devenait clair, il n'avait plus beaucoup de chances de s'en tirer. Il était bel et bien prisonnier.

Enfermé dans une cage. Une cage hostile. Il fallait absolument laisser un message, une trace que les enquêteurs, s'ils étaient bien inspirés, pourraient interpréter. Son ordinateur portable… Il fallait s'en débarrasser, le plus vite possible… Il pianota rapidement : « Je sais trop de choses ! L'auto est programmée pour me tuer … »

Dans les accessoires de Cindy, une boîte à outils, capitonnée, lui servit d'emballage. Il la vida et y enferma son appareil. Il ne fallait pas que le choc détruisît complètement les précieuses informations.

Alors, il sortit la boîte et la balança le plus lentement qu'il pût, vers un endroit qui lui paraissait tapissé de mousses. Il n'eut pas le temps de voir ce que devenait le précieux témoignage qui roula violemment dans le sous-bois.

Cindy l'apostropha :

— Qu'as-tu fait ? Tu as écrit ton testament ?

— Si tu veux ! J'ai envoyé une petite bombe ! De quoi faire sauter quelques têtes à l'agence…

Bruce espérait que ce chantage avait peut-être une petite chance de lui sauver la vie.

Cindy éclata d'un rire grinçant. Sa voix était devenue méconnaissable :

— Tu m'amuses, petit ! L'agence sera toujours la plus forte… Quoi qu'elle fasse, elle sera protégée. Regarde devant toi… Tu vois le prochain virage ? Je te conseille de te cramponner et de mettre ta ceinture… Accroche-toi bien ! Ça va chauffer…

En effet dans le pinceau des phares, se dessinaient les cimes d'arbres géants... et, en dessous, il n'y avait que de l'obscurité... Ce qui signifiait : un ravin très profond... Une vision d'épouvante ! On s'en rapprochait à une vitesse folle... Bruce ferma les yeux et, d'un geste instinctif mais dérisoire, se protégea la tête de ses bras repliés...

Les agents de la sécurité fédérale menaient l'enquête. Ils avaient trouvé le véhicule au fond d'un ravin de trente-deux mètres. Ce n'était plus qu'un amas de ferrailles et de tôles calcinées. Fort heureusement, la végétation relativement humide avait empêché l'incendie généralisé. Mais tout était brûlé à vingt mètres à la ronde. Le réservoir s'était enflammé. Le conducteur n'avait pas échappé au terrible accident. Il était carbonisé. Son cadavre ressemblait à une grosse poupée d'une soixantaine de centimètres. On utilisa un treuil spécial pour extraire les débris et les soumettre à l'analyse.

Les experts étudièrent les empreintes de pneus qui conduisaient au ravin, il n'y avait aucune trace de freinage et l'engin roulait visiblement à très vive allure, comme en témoignaient les ornières et les branches cassées. On retrouva la caisse à outils capitonnée, contenant l'ordinateur portable. Celui-ci était endommagé et fut emmené au laboratoire d'informatique afin d'en analyser le disque dur. La plaque minéralogique de la Land-Rover était encore lisible. Le bureau fédéral d'identification permit de retrouver facilement son propriétaire. Il habitait dans un HLM situé dans un grand no man's land qui s'étendait entre plusieurs grandes mégapoles, à une cinquantaine de kilomètres du lieu du sinistre. Dans quelques temps, tous ces bâtiments allaient être démolis.

En fouillant l'appartement, on découvrit une empreinte dentaire récente. Une molaire intacte, prélevée sur le cadavre, donna la preuve irréfutable de son identité véritable. Il s'appelait John White. Les voisins interrogés le décrivirent comme un garçon calme, plutôt dépressif. On ne lui connaissait aucune petite amie. Il était très solitaire. Personne ne connaissait exactement son métier, mais d'après ce que l'on pensait, il devait travailler dans une compagnie d'assurances. Mais on ne trouva aucune preuve corroborant cette hypothèse. Il possédait un important matériel audio-visuel et informatique ainsi qu'un bar bien rempli. Il collectionnait les armes à feu automatiques ce qui supposait des moyens importants. Ses murs étaient tapissés de romans policiers et d'espionnage. Son compte en banque était bien garni, mais on ne trouva aucune trace de rentrée régulière, supposant un salaire. Quelques grosses sommes lui étaient parvenues à partir d'un compte panaméen, protégé par le secret bancaire.

Trois jours plus tard, les résultats du labo d'informatique arrivèrent : on était parvenu à déchiffrer certains textes inscrits sur l'ordinateur portable de John White. Le Capitaine et son adjoint les lurent et restèrent incrédules. On se trouvait en face d'un vrai roman d'espionnage. Et puis, il était impensable que des services secrets se livrent à des opérations internationales aussi dangereuses et dont les conséquences étaient aussi imprévisibles et catastrophiques... Même pour l'avenir de la planète ! Un tel projet ne pouvait provenir que d'un cerveau détraqué... Ou alors tout ça n'était que de la pure invention...

Le capitaine alluma la radio qu'il régla à forte puissance et fit signe à son adjoint de se rapprocher.

— Pourquoi tu fais ça ? lui demanda ce dernier.

— Je brouille... Je brouille... On ne sait jamais ! Si nous étions sur écoutes... Dis-moi : qu'est-ce que tu penses de tout ça ?

L'autre se gratta le front, fronça les sourcils et répondit :

— Il y a des éléments troublants, en effet...

— Troublants, c'est le mot... Cette affaire sent le roussi. Je n'aime pas ça du tout.

— Écoute ! Tu sais ce qu'on va faire ?

— Non.

— Nous nous en tiendrons à une version officielle : le type s'est suicidé et avant de le faire, il a inventé une histoire à dormir debout... D'ailleurs, il lisait beaucoup trop... Et il buvait ! Qui sait s'il n'a pas cherché à se rendre intéressant. On peut donc considérer l'enquête comme close. En attendant les documents que nous avons rassemblés doivent rester top secrets... Après on verra comment organiser les fuites. Nous ne serons vraiment en sécurité que lorsque l'affaire sera largement diffusée. Que dit la presse ?

— Presque rien… Un journal local a fait paraître un articulet en dixième page… Il raconte que l'accident était bizarre, c'est tout… Le titre était assez accrocheur, quelque chose comme, « la cage folle ». Il n'a pas parlé de la boîte à outils… Je ne vois pas comment on en aurait appris l'existence, d'ailleurs…

— OK ! C'est formidable ! Il y a peut-être moyen de ramasser un joli petit paquet, si nous vendons un bon scoop aux journaux…

Quelques jours plus tard, une voiture des services de la sécurité fédérale fut mitraillée par un mystérieux motard, non loin du siège d'un grand journal de la superpuissance. Ses deux occupants, un officier et son adjoint furent retrouvés criblés de balles. Deux jours après, un jeune journaliste, qui les avait rencontrés, se jeta de la fenêtre du bureau dans lequel il travaillait. Elle se trouvait au $25^{\text{ème}}$ étage. Il venait d'écrire un article, que d'aucuns jugeaient courageux, concernant les pouvoirs occultes d'une certaine agence qui intervenait dans le monde entier. Le titre en était : « Un état dans l'état est-il compatible avec la démocratie ? » Et le sous-titre : « L'affaire de la voiture folle ». Une suite était annoncée, mais ne parut jamais.

Après, plus personne ne fit allusion à ce fait divers ni à ses conséquences.

La veuve noire

Enfin les vacances ! Le trajet de nuit Paris Nice me paraissait interminable. Si je comptais bien, il restait encore deux arrêts avant ma destination finale. Les voyageurs se faisaient rares, ils étaient presque tous descendus. Les autres dormaient.

Pour tuer le temps, je me baladai dans les couloirs de l'express en passant d'un wagon à l'autre. J'adore écouter le fracas des convois quand on traverse les boyaux qui séparent les parties d'un long courrier.

Pendant mon exploration, un compartiment de première classe attira mon attention : les rideaux étaient tirés, mais il y avait de la lumière à l'intérieur. Des ombres chinoises très suggestives m'apparurent. Celles d'une lutte suspecte. Mon instinct infaillible me souffla qu'il se passait là quelque chose d'anormal.

Je fis les cent pas, dans un sens puis dans l'autre, regardai encore et, quand je fus sûr de mon coup, me décidai enfin : j'ouvris brusquement la porte.

Une jeune femme était assise à califourchon sur le ventre d'un vieillard.

Ce qui me frappa tout d'abord, ce fut sa jupe retroussée. Ses jambes étaient magnifiquement enserrées dans de beaux bas noirs et les chairs blanches en débordaient. Puis, autre chose me frappa : le regard qu'elle me jeta. Complètement affolé. Des gouttelettes de sueur perlaient sur son front. Elle était tout essoufflée. Elle retira

précipitamment sa main de la bouche du bonhomme.

Mon sens habituel de la discrétion aurait dû
me commander de refermer immédiatement la
porte, de m'excuser :

— Oh, pardon !

Mais je n'en fis rien…

Deux choses m'en empêchaient. Primo,
l'apparence du vieux : tout débraillé et d'une pâleur
terriblement mortelle. Et deusio, la vision de cette
splendide garce, dans une position, – comment
dire ? Très osée ! – qui faisait travailler mon imagination beaucoup plus qu'il n'aurait fallu !

Au contraire, j'entrai dans le compartiment et
bloquai soigneusement la porte derrière moi.

Je pris le poignet du type, il était encore
chaud. Quant à son propriétaire, il ne respirait
plus ! Le pouls était inexistant…

La tigresse ne bougeait pas, elle observait mes
réactions. Je lui lançai un regard interrogateur qui
pouvait vouloir dire :

— Comment ? C'est vous qui avez fait ça ?
Vous n'avez pas honte ?

Une lueur de ruse passa dans ses yeux. Elle ne
m'échappa pas. Très vite, la belle expliqua :

— Il s'est trouvé mal… Je… Voyez-vous…
C'est mon mari… Il est en mauvaise santé… Il vient
d'avoir une crise… J'essayais justement de le
ranimer. Vous comprenez ? Pouvez-vous m'aider ?
Appelez du secours ! Vite ! Je vous en prie…

Elle était parvenue à avoir la larme à l'œil…

Et j'admirai son stratagème. Cette fille était une petite futée.

La chose vous est sûrement déjà arrivée quand vous essayez de vous garer dans une rue encombrée de bagnoles. Vous vous arrêtez derrière un zig en train de manœuvrer comme un fou dans un des rares trous de stationnement resté libre et vous n'êtes pas foutu de savoir s'il vient d'arriver ou s'il va partir, tant il est difficile de voir la différence entre un processus qui débute et celui qui finit… Neuf fois sur dix, le mec, énervé, vous fait signe que vous pouvez aller vous faire voir ailleurs. Il vient d'arriver et prend la place ! La rusée renarde, qui me faisait ses yeux doux de biche affolée, avait parfaitement compris cette ambiguïté des choses qui se déroulent sous vos yeux. Et elle essayait de me jeter de la poudre aux miens. Était-elle en train de donner les premiers soins à un pauvre vioque terrassé par une crise cardiaque ou venait-elle de finir de l'étouffer ? Il y avait de quoi en douter… Pourtant, un scénario très précis venait de se construire dans mon cerveau : elle s'était mise sur lui pour l'exciter à mort et au moment où il avait eu le plus grand besoin d'oxygène, elle lui avait solidement bouché les narines et la bouche en y appuyant ses deux mains. Il n'y avait pas moyen d'être dupe de son cinéma. Je m'esclaffai :

— Allons ! Ne jouez pas à l'innocente ! Appeler du secours ne sert plus à rien… Il est mort ! Vous le savez bien d'ailleurs. Expliquez-moi plutôt comment vous vous y êtes prise pour l'empêcher de respirer ?

Elle marqua le coup et ses prunelles se rétrécirent comme celles d'un fauve prêt à bondir.

— Qui êtes-vous ? fit-elle sur un ton exaspéré. Et de quoi vous mêlez-vous ? Si vous saviez à quel point cet homme me faisait souffrir ?

Je la tenais ! Elle venait de me faire un aveu indirect, je veux bien l'admettre. Mais je ne voulus pas perdre de temps. Poursuivant mon avantage, je rétorquai :

— Chère petite madame, vous avez eu certainement d'excellentes raisons d'agir ainsi, loin de moi l'idée de me mêler de votre vie privée. Je ne veux pas savoir si le Monsieur qui vient de mourir avait souscrit une assurance-vie très avantageuse pour vous, s'il vous avait désigné comme votre légataire universelle ou s'il vous refusait toute aide dans la progression de votre carrière…

Je vis que j'avais encore tapé dans le mille en parlant d'héritage, car à ces mots, ses paupières avaient papillonné, malgré elle…

Un plan machiavélique germa dans mon ciboulot. Je poursuivis, un rien grandiloquent :

— Mais dans la vie, tout a un prix ! Surtout à l'heure actuelle. Je suis entré ici au plus mauvais moment pour vous, Madame la Comtesse, et au meilleur pour moi ! Il faudra me payer… très cher. Pour acheter mon silence ! Je peux très bien ne rien avoir vu… Vous n'avez pas laissé de traces. Pas de marques bleues autour du cou. Rien ! Le crime parfait, quoi !

Elle était devenue blême… Elle eut deux trois sanglots, probablement de rage ou d'énervement :

— Si je saisis bien, vous me faites chanter ?

— Oh ! Tout de suite les grands mots ! Disons que je n'ai rien vu… Le bonhomme était assez âgé, il n'était pas en très bonne santé, comme vous l'expliquez si bien. Il est mort d'un malaise au cours d'un voyage, vous avez voulu l'aider, c'est tout. Jusqu'à présent, je peux tout admettre… Mais l'ennui c'est que j'ai aperçu vos ombres s'agiter au travers des rideaux, votre… mari se débattait et je suis sûr que vous ne vous livriez pas à une partie de plaisir…

— Vous voulez de l'argent ? Je peux… Vous… Vous faire un chèque ! fit-elle en tirant de son sac un joli petit chéquier en cuir et un stylo en or de dix-huit carats.

— Mais pas du tout… Je suis absolument désintéressé, Duchesse ! Comment osez-vous m'accuser de vous faire chanter ? Je veux seulement vous faire danser… Un tout petit peu, sur moi… Comme vous le faisiez si bien sur le Monsieur, juste au moment où je suis entré…

Pour bien lui montrer mes intentions réelles, j'introduisis une de mes mains dans son soutien et je promenai l'autre sur sa fesse avec toute la douceur dont j'étais capable…

Elle ne pensa même pas à donner des tapes sur mes mains qui fourgonnaient dans ses dessous. Ses yeux devinrent ronds d'étonnement :

— Quoi ? Et c'est tout ? Après, vous me

laisserez tranquille ? Vous... Vous le jurez !

— Je vous l'assure ! L'argent ne m'intéresse pas. Et puis en recevoir d'une criminelle serait incompatible avec mes fonctions... Et dans le cas présent, très compromettant ! Je gagne assez bien ma vie. Vous seule m'intéressez... Je vous veux, vous ! Si vous préférez, il me faut un paiement en nature. Tout de suite !

Je lui dis ça en lui triturant un de ses tétons, pour lui montrer qu'ils ne me laissaient pas indifférent.

Elle se raidit un peu et répondit :

— Si je comprends bien, vous ne me demandez pas mon avis et vous ne me laissez pas le choix ! Ce n'est pas très délicat...

Je désignai le macchabée du menton :

— Et à lui ? Vous lui avez demandé son avis ? Vous lui avez laissé le choix ? Pourquoi vous laisserais-je le choix ?

Elle prit un air dégoûté :

— Vous êtes une vraie ordure !

— Allons donc ! Ne retournez pas la situation ! Qui était occupée à assassiner ce type ? Vous ou moi ? Au contraire, je vous fais une fleur ! Mes exigences sont très modestes, dans le fond... Elles ne vous coûteront pas un centime. Vous ferez juste un petit effort !

Elle réfléchit un instant, puis soupira, vaincue :

— Soit ! D'accord ! fit-elle, mais à condition que je ne vous trouve plus jamais sur mon chemin...

Ah, mon Dieu, quelle histoire folle !

Je m'étendis confortablement sur la banquette couverte de velours, en face de celle du mort. Voyager en première, en compagnie d'une femme du monde, était un de mes rêves les plus secrets. Elle me dénuda juste ce qu'il fallait et m'enfourcha comme si j'avais été une bicyclette. Comme j'étais prudent, je lui avais fait comprendre, avant de commencer, que deux cadavres dans le même compartiment auraient été plus que suspects et qu'il aurait été très compliqué pour elle d'expliquer ce coup tordu… D'autant plus que l'histoire du malaise de son vieux singe se serait effondrée comme un château de cartes. Elle l'admit volontiers. Elle était aussi très réaliste. Alors, pleinement rassuré sur ma propre sécurité, je croisai les bras derrière la tête et me laissai faire. Et bon sang, elle savait y faire. Et ce qu'elle ne faisait pas de son plein gré, les balancements du train le faisaient à sa place…

Tous les fantasmes les plus fous que j'avais imaginés au cours de ma vie défilèrent pendant cette séance mémorable. J'étais possédé par une femme fatale, une vraie meurtrière était en train de me violer, une veuve noire abusait de moi, femme au fouet super-sexy, femme araignée enjôleuse, femme satanique à gueule d'ange, vicieuse en chaleur, sadique ultra-douce, sorcière et fée tout à la fois. Un délicieux mélange aigre-doux. Ses talons aiguilles se plantaient dans mes mollets comme les

153

éperons d'une cavalière diabolique chevauchant sa monture. Si elle avait pu m'assassiner, elle l'aurait fait sans hésiter, je le lisais dans son regard cruel, mais je la domptais pleinement, lui imposais ma volonté comme le font les dresseurs quand ils pénètrent dans la cage d'une panthère noire ultra-dangereuse...

Une seule chose me gênait un peu, le mec refroidi de la banquette d'en face n'avait pas les yeux fermés et, malgré sa raideur naissante, son regard perçant agité par les cahots du wagon était fixé sur nous comme un reproche vivant, si j'ose dire... J'apaisai facilement ma conscience en me disant que je n'étais pour rien dans son décès...

Quand le moment fut venu, mon plaisir se déchaîna avec une violence inouïe et j'eus fort à faire pour ne pas tomber dans les pommes. D'autant plus que je lus sur le visage décomposé de celle qui croyait me dominer que ce plaisir était largement partagé... Les cris de bête blessée qu'elle poussa alors ne pouvaient laisser aucun doute sur ce point !

Nous nous quittâmes sans formule de politesse excessive.

Elle planta seulement un petit baiser rapide sur mes lèvres en disant :

— Vous êtes une sacrée crapule, vous ! Mon mari, lui, était vraiment trop gentil ! J'avais fini par le prendre en grippe...

Elle conclut :

— Beaucoup de femmes n'aiment pas les

hommes trop gentils ! Mais vous, vous êtes trop salaud à mon goût : vous me battez sur mon propre terrain ! Au plaisir de ne plus vous revoir… Jamais !

Je descendis en gare de Nice, en réfléchissant au curieux couple amour haine qui peuvent régir les relations humaines. Je me dirigeai vers la vieille ville et pensai :

— À moi les petites anglaises !

J'étais en congé, je me sentais libre comme l'air. J'étais galvanisé et content de moi, fier comme un coq. A aucun moment la femme qui venait de m'offrir gratuitement son corps avec tant de fièvre, n'avait deviné mon métier.

J'étais – et je suis toujours – commissaire en chef de la police judiciaire, section criminelle, dans le seizième arrondissement ! Et il m'arrive souvent d'avoir à traiter des affaires de mœurs ! Ce sont celles qui rapportent le plus !

C'est ça qui est la meilleure !

Ah, si elle avait su !

Le sacrifice d'Ali

Dans le taxi qui roule d'un check-point à l'autre, Ali essaie de s'imaginer ses derniers instants. Cela doit faire un choc énorme. On doit le ressentir comme un moustique qui passerait sous la roue d'un poids lourd. Cela doit être instantané... Du moins, il l'espère. Celui qui porte la charge entend-il l'explosion ? Certains affirment que oui, d'autres que non. Une vision d'horreur lui emplit le cerveau, sa tête détachée de son corps a volé à plusieurs dizaines de mètres... Non seulement l'épouvantable explosion lui emplit encore ses oreilles, mais il voit encore. Nettement. Tout a basculé. Au-dessus de lui, des jambes courent dans tous les sens au milieu des cris de frayeur, une marée de sang aveugle son œil, celui qui voit encore, puis tout devient noir...

Il ne faut pas penser à ce genre de choses, lui a-t-on dit. Ces idées macabres risquent d'entamer la détermination de la bombe humaine. La seule chose qui compte, qui doit compter : c'est le but qu'on s'est fixé. Frapper l'ennemi, là où ça fait mal ! Lui infliger de lourdes pertes.

Il fait chaud, très chaud. Le soleil est éblouissant, il écrase tout sous ses rayons implacables. Ali porte un costume de ville, un peu trop large, pour mieux dissimuler la charge qu'il porte en ceinture autour de la taille. Il sue sous le tissu qui l'enveloppe. Ils auraient pu prévoir que la toile qui enveloppe l'explosif allait lui démanger la peau. Il voudrait déboutonner sa veste, se gratter. Mais alors, il risque d'attirer l'attention du chauffeur qui le ferait descendre ou ferait demi-tour ou qui sait, se mettrait à paniquer, le ferait arrêter ? Il caresse le petit détonateur rouge, entre le troisième et quatrième bouton de sa chemise. Surtout, ne pas appuyer dessus… Pas maintenant !

Ce matin, avant de partir, il a embrassé sa mère et ses sœurs, comme d'habitude. Il a prétexté un rendez-vous pour un emploi. Avec qui, lui a demandé sa mère ? Un copain, a-t-il répondu ! Ce n'était qu'un demi-mensonge. Ceci est son dernier emploi, en effet. Après une longue période de chômage. Quant à celui qui devait lui fournir les explosifs et le détonateur électronique, il ne le connaissait ni d'Eve ni d'Adam. Fatima, l'aînée de ses sœurs lui a conseillé, comme elle le fait chaque jour d'être prudent. Ils habitent une zone dangereuse, envahie un jour sur deux par les chars, les hélicoptères et les bulldozers qui viennent raser des maisons. Et alors les gamins se mettent à lancer des pierres. Zora, était distraite, elle était préoccupée, elle n'avait pas terminé son devoir de mathématiques. Seule la plus petite, Aïcha a senti que quelque chose d'anormal se préparait. En jetant ses petits bras autour de son cou, elle a plongé ses beaux yeux bruns dans les siens, les scrutant avec insistance. Alors, elle lui a chuchoté dans l'oreille : « Ne fais pas de bêtise ». Il l'a serrée très fort et lui a dit tout bas : « Ne t'en fais pas, ma petite chouette, je penserai toujours à toi… »

Le taxi est bloqué dans une longue file. Le chauffeur essaie d'engager conversation, il le fait dans un hébreu très approximatif. Ali lui répond sèchement. Dans des cas pareils, moins on parle, mieux cela vaut. Intérieurement Ali se félicite de son déguisement. Avec sa kippa sur la tête, il donne parfaitement le change : il peut passer pour n'importe quel jeune intégriste de Tel-Aviv. Il serait bien malin celui qui pourrait lui donner une nationalité précise d'après son type. On pourrait tout aussi bien le prendre pour un jeune Italien. Une chose pourtant l'inquiète : un autre taxi est venu se coller à eux. Ali a surpris le regard du passager, fixé un moment sur lui. Un regard sombre et luisant, celui d'un prédateur… Serait-ce quelqu'un de son organisation qui vient vérifier ce qu'il fait ? Ou pire encore : quelqu'un des services secrets de l'ennemi ? Qui se serait infiltré ? Dans les réseaux clandestins, on ne sait jamais exactement pour qui on travaille… Ali se rassure, car l'autre ne semble plus du tout faire attention à lui. Il doit se contrôler, se concentrer ! Ne plus penser qu'à sa mission. D'ailleurs, on l'a prévenu : « Tu verras des flics partout ! Oublie-les et fonce ! »

Pour passer le temps, il regarde le paysage : un amas de ruines et de rocailles blanches et ocres. De maigres végétations grises subsistent, çà et là. Et, miracle ! Un petit olivier tordu a résisté à tout. Il paraît que son rameau est symbole de paix. Mais les barbelés électrifiés, tout le long du chemin qui mène au poste frontière disent le contraire. Ici, on est en état de guerre permanent. Ici, on est dans une sorte de camp et, si l'on a supprimé les miradors, c'est parce qu'ils constituaient une cible trop facile pour la résistance.

Trois femmes, voilées des pieds à la tête, un vieillard et un âne déboulent d'un petit sentier montagnard. La bourrique porte deux grands paniers en raphia qui doivent contenir des olives. Toute la file de voitures a un peu avancé vers le barrage installé par les militaires. La petite caravane s'y trouve rapidement. Les femmes parlementent avec de grands gestes théâtraux. Sans rien entendre, Ali peut deviner ce qu'elles racontent. Si leur situation n'était pas si dramatique, il trouverait la scène plutôt drôle. Les soldats rigolent. Ils se moquent visiblement. Les femmes essaient de forcer le barrage. Ils les repoussent sans ménagement. Les femmes, crachent par terre et maudissent au nom d'Allah ces chiens de soldats qui ne les laissent pas aller faire leur marché à la petite ville toute proche… Ali ne bronche pas. Il contient sa colère. Le chauffeur de taxi a timidement jeté un coup d'œil dans son rétroviseur pour voir ce que son client pense de tout ça. Ali, se sentant observé par le chauffeur, reste fidèle à son rôle, il pousse une sorte de sifflement de mépris en balançant la tête de gauche à droite comme s'il était exaspéré. Il sait ce que son expression a d'ambigu. Mais le taximan comprendra sûrement qu'il s'adresse aux paysans et qu'il signifie : « balayez-moi toute cette racaille ! »

Un des soldats s'est avancé. Il a repéré le taxi et son client portant la kippa. Il fait un grand geste. Ils peuvent doubler toute la file. Tous ceux qui restent en rade, râlent, mais n'en laissent rien paraître. Ce genre de vexations est habituel. Ici la discrimination est quotidienne. On vous juge d'après votre teint, d'après vos vêtements. Un membre du peuple élu d'Israël a tous les droits, surtout si c'est un colon. Ali jubile : les soldats ignorent qu'ils font pénétrer le loup dans la bergerie.

L'autre taxi a suivi, il n'a pas été arrêté non plus. Bizarre… Simple coïncidence, sans aucun doute… L'autre bonhomme doit avoir un laisser-passer quelconque.

Ali a un but précis : il doit s'approcher du casernement qui domine la petite ville. Il a étudié soigneusement le plan… Guetter non loin du corps de garde et dès qu'un véhicule militaire sort, se jeter dessus et se faire sauter. Si c'est une jeep, occupée par un gradé, c'est bien. Si c'est un transport de troupe, c'est encore mieux… Ce soir, les bonshommes du camp, super-armés, super-équipés compteront leurs morts… Ce sera bien fait pour eux… Ce soir, lui, Ali, sera devenu un héros. Ses sœurs entretiendront le culte de leur frère aîné dans une petite niche, tapissée de velours. Sa photo brillera à la lueur de deux bougies. Sa mère n'a jamais été pour la violence, il le sait. Elle l'a éduqué dans un esprit d'ouverture et de tolérance. Mais ce qui se passe ici tous les jours est intolérable justement. Sa mère finira par respecter son choix… Et puis les voisines viendront la féliciter d'avoir donné son fils à son peuple… Et peut-être un brin de fierté apaisera un peu son chagrin…

Ali est arrivé. Il se trouve à peine à cinquante mètres de son but. Il paie rapidement son chauffeur. Ses chaussures neuves crissent dans les graviers. Il crève de chaleur, s'éponge le front avec son mouchoir fin. Les démangeaisons à la taille le torturent encore plus. Il prend un air détaché et se dirige lentement vers les sentinelles. La tête lui tourne. Il envisage toute l'énormité de son geste. Il va mourir. Par sa propre volonté… Et puis après ? Le paradis ? Sait-il ce que cela signifie ? Et si de l'autre côté, il n'y avait rien ? Rien que le néant, comme avant la naissance ? Une tentation s'insinue dans son esprit : il pourrait aller se rendre ! Lever les mains ! Agiter un mouchoir blanc ! Mais les autres, qui sont sur les dents, risquent le mitrailler et sa mort aura été inutile. Au contraire, elle servira à justifier la répression. Ils auront réussi à déjouer un attentat « terroriste », comme ils disent, et s'en glorifieront au moins pendant dix jours. Il est trop tard. Il ne peut plus reculer, ce serait une trahison. Il faut aller jusqu'au bout… Se faire sauter, dans les meilleures conditions possibles…

Son esprit galope. Les gouttes de sueur débordent de ses sourcils et brûlent ses yeux… L'autre taxi le dépasse en trombe et s'arrête juste devant la caserne… Qu'est-ce que ça veut dire ? C'est bien le taxi qui suivait le sien, il en est sûr… Un type en sort, en costume de flanelle, sans même jeter un regard dans sa direction. Il sort son portable et parle. Mais Ali l'a reconnu c'est le type de tout à l'heure. Il n'y a plus de doute. On le suivait, avant même qu'il ne sorte de son ghetto et ne pénètre dans le territoire ennemi. Il y a maldonne... Les dés sont pipés... Deux autres types en civil sortent de la caserne et se dirigent vers lui. Ils ont été prévenus. Ils doivent faire partie des services spéciaux... Ils sont certainement armés et s'apprêtent à l'épingler... Ils vont sans doute sortir leurs flingues et tirer quand ils seront à bonne distance. Bien sûr, il pourra se faire sauter avant et probablement en blesser un ou deux mais ce sera un bien maigre résultat. Ne pas perdre de temps... Demi-tour... Foncer vers la ville, dont les faubourgs commencent à cinq cents mètres. Ali presse le pas... Les types aussi... Ils se rapprochent, mais curieusement gardent leurs distances. C'est comme s'ils jouaient au chat et à la souris... Ne pas courir surtout... L'un d'eux crie dans son portable... Ils vont envoyer des renforts... Voilà les premières ruelles... S'ils avaient la bonne idée de lui envoyer une voiture de police ! Bien sûr la police n'est pas l'armée, mais ça pourrait faire quand même un beau carton. Ali est en nage, il essuie rageusement la sueur de son front avec sa manche... Voilà une petite ruelle, sombre, encombrée de cageots de fruits... Ali s'y engouffre... Pourvu que ce ne soit pas un cul-de-sac ! Il court... Saute par-dessus les caisses d'oranges et de bananes... Les types derrière se sont mis à courir aussi. Ali entend leur pas précipités... L'un d'eux l'apostrophe : « Eh, toi, là-bas ! » Il croit sans doute qu'Ali va attendre...

Foncer, foncer ! Une lumière vive éclaire le bout du tunnel... Le soleil, le soleil... C'est plein de gens... C'est le marché... Ali va pouvoir se perdre dans la foule... Réfléchir... Il faut annuler cette opération... Mais comment s'expliquer de l'autre côté ? Et à qui ? Les combattants clandestins changent constamment d'endroit... Ils ne laissent pas d'adresse... S'il est considéré comme un traître, il sera abattu par les siens... Ali se compose un personnage, il déambule dans le marché, les mains dans les poches en sifflotant. Il fait semblant de s'intéresser aux fruits. Puis aux vêtements. Des pantalons de toile pendent à des tringles... Son répit est de courte durée, les types en civil sont là, tout près... Ils ne le quittent pas des yeux... De chaque côté des étalages, ils progressent en même temps que lui... Comme s'ils le guidaient au cœur de la foule... Il y en a aussi derrière... Un doute affreux s'empare d'Ali : et s'il était en train de faire exactement ce qu'on attend de lui ? Non, ce n'est pas possible ! Surtout ne pas se faire prendre... On lui a recommandé de ne pas faire de victimes civiles... Mais on ne lui a pas donné la recette... Ils sont au moins six ou sept maintenant... Ils marchent vite, la main sous l'aisselle, prêts à dégainer... Pas de victimes civiles ! Et eux ! Ils se gênent sans doute quand ils tirent leurs missiles sur des voitures et des maisons, quand ils bombardent des quartiers entiers ? Qu'ils les rasent complètement et roulent avec leurs chars sur les ruines ? Cette vision le remplit de fureur. C'est décidé, dès qu'un de ces types s'approchera trop près de lui, il se fera sauter ! Et les civils n'ont qu'à payer… Après tout, c'est la guerre… Un policier en uniforme vient à sa rencontre… Il est chargé de la circulation… Il veut lui barrer le passage… L'imbécile ! Ali lui saute dessus, le ceinture solidement d'un bras, lui murmure : « C'est pour ton bien, mon vieux ! ». Il a encore le temps de voir le regard étonné d'une petite fille qui ressemble étrangement à sa petite sœur. Il pousse fébrilement sur le petit détonateur rouge, entre le troisième et le quatrième bouton de sa chemise.

Une déflagration énorme, suivie de cris de panique, de hurlements de douleur, secoue tout le marché…

Le soir même une réunion de crise du gouvernement décide les représailles. Sans états d'âme. Le village d'Ali sera rasé. Puisque des innocents ont payé, d'autres innocents doivent payer !

Dix jours plus tard, dans la petite ville où le marché se déroulait, les élections municipales donnent une victoire écrasante à l'aile dure de ceux que certains dénomment ici les « Faucons »…

Du rififi au Vatican

Les cardinaux, venant des quatre coins de la planète, entrèrent benoîtement dans l'impressionnant édifice avec toute la componction, la pompe et la dévotion nécessaires. Ils marchaient en deux files indiennes parallèles, sans se presser et sans se bousculer. On entendait à peine le frou-frou de leurs majestueux manteaux. Lentement ils prirent place sous les somptueuses fresques de Michel-Ange qui ornaient la coupole du lieu saint. Ils ne jetèrent même pas un coup d'œil au Christ du jugement dernier, aussi musclé qu'un butteur de football : ils l'avaient déjà vu des centaines de fois. Et pour prendre une contenance, ils commencèrent à prier.

Et le grand camerlingue referma à clé la lourde porte de la chapelle Sixtine. « Qu'ils se débrouillent », pensa-t-il involontairement. Aussitôt, il fut saisi d'épouvante devant sa propre impertinence et récita immédiatement trois Ave, deux Pater et un acte de contrition en guise de pénitence.

— Il faudra absolument que je me confesse, pensa-t-il encore.

Il s'était habilement éclipsé. Participer au conclave et endosser la responsabilité pontificale ne l'intéressaient absolument pas. Il préférait nettement son état actuel dans lequel il disposait de bien plus de pouvoir. Celui d'une éminence grise. Ne tenait-il pas les cordons de la bourse ? N'était-il pas une sorte de ministre de l'intérieur du Vatican ?

Ne deviendrait-il pas rapidement un des conseillers les plus écoutés du futur pape ?

Perdu dans ses pensées, il avait oublié le monde extérieur qui se rappela brutalement à son attention. Il dut faire face à la nuée de journalistes, de cameramen, de preneurs de son qui se jetèrent sur lui, comme des mouches sur un vieux fromage pour ne pas dire autre chose. Ils parlaient tous en même temps, criaient, vociféraient :

— Qui ? Qui ? Qui a des chances ? Qui sera élu ? Rien qu'un petit mot... Vous avez bien une petite idée ? Qui ? Qui ? Qui sera le grand chef ? Et vous ? Le serez-vous ? Pourriez-vous l'être ?

— Messieurs, ne me posez pas de question, j'ignore qui va devenir pape, c'est ce que doit décider le conclave et même si je le savais, je ne pourrais vous le dire... Seul Dieu le Père en décidera... Et ses voies sont impénétrables. Allez donc vous poster sur la place Saint-Pierre et guettez les fumées blanches qui sortiront du grand incinérateur. La cloche qui sonnera à toute volée à ce moment-là – c'est une innovation – vous confirmera la bonne nouvelle. Vous saurez que le Saint-Esprit a fait son choix...

Mais cela n'avait pas l'air de les calmer. Les questions incongrues fusaient toujours. Et la horde était en train de l'encercler dans une sorte de mouvement tournant qui, à la longue, devenait inquiétant.

Il se révolta et utilisant une formule qui avait déjà fait ses preuves depuis longtemps, leur lança avec une aménité feinte :

— O, hommes de peu de foi !

Puis sans avoir bien pesé ce qu'il allait dire, il ajouta :

— Tout vient à point à qui sait attendre !

Sans le vouloir, il venait de citer la conclusion d'une fable extrêmement matérialiste et, de plus, rédigée par un auteur que l'on pouvait qualifier de libertin.

Pour la deuxième fois, en cette auguste matinée, le camerlingue se surprenait à nourrir une pensée très peu catholique, en contradiction flagrante avec la douceur de son ton. Il osa à peine se formuler les réflexions que ce fait lui inspirait et piqua un phare à l'idée que quelqu'un eût pu les deviner. Heureusement, aucun des journalistes ne semblait avoir remarqué son impair. Il se félicita donc de l'ignorance, toujours plus évidente, des représentants de la presse. Il tourna les talons et prit la fuite pour se réfugier en ses appartements, toujours poursuivi par les paparazzis de toutes catégories.

Pendant ce temps dans l'enceinte du conclave, les prières à la mémoire du pape défunt allaient bon train. Les actions de grâce succédaient aux orémus. Les pater noster, aux miserere et aux deo gratias. Trois cardinaux, très, très, très vieux, s'étaient déjà assoupis, deux autres, un peu moins âgés, somnolaient et un autre encore ronflait bruyamment. Ils s'étaient assis au milieu du groupe des « Italiens » que certains dans les coulisses dénommaient fort peu charitablement : « Le Clan des Siciliens ». Parmi eux se trouvaient les plus fervents défenseurs de l'Opus dei. Ils n'étaient pas les seuls. Quelques cardinaux espagnols et latino-américains se regroupaient également sous la bannière de cette tendance.

Parmi tous les papables, en principe tous l'étaient, l'un réunissait plus que les autres les suffrages des chaînes de télévision internationale. On pariait gros sur son accession probable au siège pontifical. Sur la place Saint-Pierre, des bookmakers enregistraient des mises fabuleuses sur sa tête. Parmi les candidats possibles, il était le principal favori, à tel point qu'on l'avait surnommé le « Panzer Cardinal ». Comme dans une course de chevaux, il était donné vainqueur à vingt contre un.

Vint le moment de voter. Comme dans n'importe quelle secte ou société secrète, tout le monde connaissait tout le monde. Le plus jeune des cardinaux distribua les bulletins en vérifiant qu'ils n'étaient pas marqués. Et chacun s'appliqua en veillant à ce que personne ne copiât sur lui. Puis on ramassa les bulletins.

C'est alors que l'incroyable se produisit : un très jeune cardinal (il n'avait que soixante-neuf ans à peine) s'effondra brusquement et roula par terre en même temps que son portable, lequel eut encore le temps de glapir : « Allo ! Allo ! Chéri ? » Tout d'abord, tout le monde fut scandalisé de découvrir la tentative de supercherie. D'autant plus que l'on avait nettement entendu une voix de femme, ce qui dans un endroit pareil pouvait être assimilé à une œuvre de Satan. Il était en effet strictement interdit de communiquer de l'enceinte sacrée vers l'extérieur et vice et versa. Et à plus forte raison avec une descendante de la grande tentatrice universelle, mère de tous les vices : Ève…

Tout cela déclencha une sacrée panique et une émotion palpable parmi la gent papable. On se pencha sur le malade et l'on découvrit qu'il avait une plaie à la base du crâne, d'où s'écoulait un sang noirâtre. C'était une blessure mortelle provoquée probablement par un objet très pointu, genre coupe-papier ou pic à glace… Le blessé ne tarda pas d'ailleurs à rendre son âme à Dieu.

Il y eut un fameux tohu-bohu, les soutanes virevoltèrent en tout sens. Les exclamations fusaient dans la langue véhiculaire en ces lieux saints :

— Quod ? Quid ? Quis est ? Quibus auxiliis ? Quomodo ? Vade retro, Satanas ! Sed, cur ? Habemus criminem ![1]

Seul un cardinal américain en perdait son latin de cuisine et s'exclamait :

– Shit ! How is that possible ?

Mais bientôt, un différend sépara les participants à la course pontificale. Les uns prétendaient que le suffrage ayant eu lieu, il fallait procéder au dépouillement immédiat. Les autres arguaient que l'assassinat prouvait l'irrégularité

---

1   - *Questions que posent habituellement les flics, quand ils interrogent un suspect*

foncière de la procédure et qu'il fallait tout recommencer à zéro. Le ton monta. On échangea d'abord quelques injures, puis des horions. Une calotte vola par terre sous l'effet d'une grosse baffe et un tissu de pourpre fut déchiré. Finalement, il y eut un vote et tous se rangèrent à l'avis de la majorité. On allait donc compter les suffrages.

On les compta et les recompta. Et alors la nouvelle incroyable fut proclamée :

— Habemus papam ![2]

Et l'on proclama le nom de l'heureux lauréat. Il s'agissait du cardinal Giovanni Caglieri di Gorgonzola. Personne ne broncha à cette grande nouvelle. Personne ne prononça : « Ego sum ! » Un silence de plomb s'installa lourdement sur l'assemblée. Tous se regardèrent interrogativement. Nul ne bougea. Tous ne tardèrent pas à se rendre à l'évidence : c'était le cardinal assassiné, en personne, qui avait été élu pape !

C'était le comble ! À nouveau un grand brouhaha ébranla la salle. Tous parlèrent en même temps. Il faut comprendre les questions troublantes pour l'ensemble de la doctrine que posait ce cas presque unique dans l'histoire de l'Église. Que diable, on n'en n'était plus au temps des Borgia ou des Médicis qui s'entre-tuaient et empoisonnaient leurs rivaux pour grimper sur le trône papal et y mener des vies de débauche. Il fallait reconnaître, néanmoins, que l'on venait d'assister à l'un des

---

2   - *Intraduisible en latin classique*

règnes les plus brefs de toute l'histoire successorale de Saint Pierre.

Dieu avait choisi son représentant sur terre et en même temps l'avait condamné à l'une des morts les plus ignominieuses qui fût ! Mais plusieurs docteurs en théologie ne s'étonnèrent pas outre mesure de cette inconstance de la providence. Dieu le père faisait souvent de la main droite un geste que sa main gauche ignorait. Il avait sans aucun doute voulu donner un « signal fort » à l'assemblée.

Par contre, il importait de savoir si le nouveau pape avait oui ou non régné. Le coup fatal porté à son cou l'avait-il frappé avant ou après son élection ? Peut-être l'avait-il frappé exactement au moment où le Saint-Esprit l'avait désigné comme berger de l'humanité ? Comment le saurait-on jamais. A moins d'interroger l'assassin. Mais quelle horrible chose ! Un cardinal criminel, cela ne pouvait se concevoir. Il ne pouvait être question de soumettre les Princes de l'Église à la question comme de vulgaires malfrats. Le linge sale de l'Eglise devait se laver en famille.

Dans l'immédiat, quel nom donner au nouvel élu ? Et quel numéro ?

Deux nouveaux clans se formèrent parmi les cardinaux : ceux qui prétendaient que le nouveau pape n'avait jamais existé et ceux qui prétendaient qu'il avait bel et bien régné, ne fût-ce que pendant une seconde. Les uns voulaient l'appeler Jean zéro et les autres, Jean XXIV. Quelques-uns voulaient déjà canoniser ce dernier, étant donné qu'il avait acquis le statut de martyr, suite à sa mort héroïque. D'autres envisageaient de le vouer aux gémonies de l'enfer. N'avait-il pas communiqué avec une mystérieuse égérie qui ne pouvait lui avoir soufflé que les tentations du Diable. Les uns et les autres parlaient d'hérésie et d'excommunication mutuelle. Les discussions s'enflammèrent, le ton monta à nouveau, les jetons s'échangèrent et trois calottes volèrent par terre à la suite de vigoureux coups de savate. Cela n'avait toujours pas réveillé les dormeurs impénitents ni celui qui ronflait depuis le début du conclave. Par contre, en dehors des saints murs, les gardes suisses, figés dans leur éternel garde-à-vous, consternés par cet effroyable ramdam, se demandaient s'il n'était pas temps d'intervenir.

C'est alors que le panzer cardinal prit la parole. En substance, il expliqua que jamais l'Église ne se remettrait d'un pareil scandale, s'il venait à être ébruité. Il valait donc mieux un mensonge pieux qu'une vérité miteuse qui éclabousserait toute l'institution. Il proposait donc de faire comme si le cardinal en question n'avait jamais existé.

De nouveau les questions fusèrent :

— Quod ? Quid ? Quis ? Cur ? Quomodo ? Quando ? Quibus auxiliis ? (*voir note 1*)

Le cardinal poursuivit son explication : les chiffres les plus divers avaient circulé dans les médias quant au nombre exact de participants au conclave. Un de plus ou un de moins, personne n'y verrait de différence. Le pape précédent avait eu la grande sagesse de faire agrandir l'incinérateur de bulletins de vote. Ce nouvel appareil avait maintenant un tirage remarquable et un rendement très performant. Il suffisait de brûler Jean zéro ou Jean XXIV, c'était selon, en même temps que les résultats du scrutin et d'oublier le plus vite possible toute cette pénible histoire… Le pape précédent avait autorisé la pratique de l'incinération, il fallait en profiter.

Beaucoup hésitaient, tout en reconnaissant que l'idée n'était pas mauvaise. L'Église n'avait-elle pas étouffé nombre d'affaires peu reluisantes ? Des bonnes sœurs n'avaient-elles pas mis à mort, de leurs propres mains, leurs bébés nés des œuvres de l'un ou l'autre prélat ? Mais il fallait reconnaître à leur décharge qu'en aucun cas, elles n'avaient commis le crime des crimes, c'est-à-dire l'avortement. D'autres exemples foisonnaient : des couloirs secrets n'avaient-ils pas existé entre des couvents et des palais épiscopaux. Et si des esprits malintentionnés n'avaient pas décidé d'organiser des fouilles, jamais ces faits ne seraient venus troubler les esprits de ceux qui, touchés par la grâce divine, avaient la chance de posséder la foi des charbonniers.

Un nouveau coup de théâtre accéléra les choses : un cardinal africain s'était éclipsé pour aller inaugurer la nouvelle toilette de la chapelle Sixtine. C'était un petit bijou de technologie moderne dont l'actionnement de la chasse déclenchait immédiatement des cantiques à la vierge Marie, en même temps que de doux effluves alternés de lilas et de muguet. Cette innovation était également à verser à l'actif du pape précédent qui avait exercé un pontificat infatigable, s'agenouillant ici, se prosternant là, voyageant sans cesse, baisant le sol des pays qu'il visitait, s'offrant des bains de foule en papamobile, bénissant des tyrans, embrassant des dictateurs, canonisant à tour de bras et, bien sûr, comme le prouvait cette installation d'un lieu d'aisance hyper-moderne, il avait aussi un grand sens de l'organisation : chacun lui reconnaissait tous ces mérites. Auparavant, les cardinaux, réunis en conclave devaient se débrouiller comme ils le pouvaient, je vous laisse imaginer la pesante atmosphère qui pouvait découler de pareils débats, surtout quand ceux-ci duraient plusieurs jours d'affilée... Un nettoyage complet de tous les confessionnaux de l'édifice sacré s'imposait à la fin des travaux.

La nouvelle création, d'inspiration divine, avait fait l'objet, vu son importance, d'innombrables papiers dans l'ensemble de la presse mondiale. Toutes les chaînes télévisées s'étaient longuement étendues sur la question, plongeant l'armée des fidèles dans un soulagement mérité.

Le cardinal africain, n'eut pourtant pas l'occasion d'essayer les nouvelles commodités. Il y découvrit le corps d'un autre papable qui visiblement avait été sauvagement étranglé, alors qu'il siégeait sur ce trône très terre à terre. Il revint, en courant, plus gris que de la cendre et s'exclama :

— Habemus cadaverem novum ! [3]

Cette fois, un vent de terreur souffla sur l'assemblée. Tous se regardèrent consternés. Des cheveux se dressèrent sous les calottes. Il ne pouvait pas y avoir le moindre doute : une redoutable organisation de tueurs sévissait sans entrave dans la moindre enclave du conclave. La plupart se demandaient quelle serait la prochaine victime. Plus de brouhaha, plus de tohu-bohu, plus personne n'osait protester, plus personne n'osait poser de questions à haute voix, seuls des murmures, un concert de chuchotements effrayés, troublaient le calme de la sainte enceinte. Il régnait en ces parages comme une atmosphère de terrorisme international. Cela devait certainement profiter à quelqu'un, mais à qui ?

Le panzer cardinal frappa dans ses mains pour signifier la fin de la récréation. Il expliqua qu'il fallait aller vite, dorénavant et proposa de voter rapidement. Il conclut sa brève intervention par une phrase qui ne laissait aucun doute sur la grave situation que traversait l'institution :

– Non habemus papam, sed in merdam sumus.[4]

Il avait un moment hésité entre deux cas pour ce nouveau mot de la langue de Cicéron. Utiliser l'ablatif aurait signifié que l'on s'y trouvait jusqu'au

---

3   - *Un nouveau cadavre nous tombe du ciel !*

4   - *Nous n'avons pas de guide spirituel, mais nous pataugeons dans la… gadoue*

cou. C'est pourquoi, il préféra l'accusatif, plus doux, qui signifiait que l'on était en train d'y pénétrer.

Un tout jeune cardinal, presque un bébé, il n'avait que soixante-sept ans, voulut protester au nom de la théologie de la libération. Il s'appelait Juan Gonzalez del Mortadelle y Aragon. Quelqu'un lui cria qu'il n'avait pas voix au chapitre. Il voulut continuer son homélie. On entendit deux petits flops qui partaient d'une soutane, personne n'eut le temps de voir de laquelle. C'était l'œuvre d'un silencieux de gros calibre. Touché à deux reprises en plein front, le contestataire en herbe s'effondra, les yeux fixes. Des yeux interrogateurs se tournèrent immédiatement vers le panzer cardinal qui leva ses deux mains à hauteur des épaules, paumes tournées vers les membres du conclave. Il voulait sans doute signifier qu'il n'y était pour rien, puisqu'il ne tenait visiblement aucune arme. Rien dans les mains, rien dans les poches ! À moins qu'il ne voulût dire qu'il s'en lavait les mains. Mais le clin d'œil qu'il fit ensuite à l'un des participants n'échappa à personne. Nul n'eut le temps de voir à qui s'adressait exactement ce signe de complicité. Mais chacun se rappela un amusement qu'il avait pratiqué dans son enfance : le jeu de l'assassin. Nullement ému par le meurtre épouvantable qui venait de se dérouler là, au vu et au su de toute l'assemblée cardinalice, le panzer cardinal s'exclama :

— Si vis pacem, para bellum !⁵

Par cette citation, clairement guerrière, il ne voulait pas caractériser le revolver qui venait de faucher le représentant de cette doctrine honnie par le pape précédent. Il signifiait ainsi qu'il fallait se garder d'une idéologie frelatée au sein de notre Sainte Mère à tous. Il poussa un soupir et ajouta :

– Celeriter ! Habemus laborem magnum !⁶

Le prélat américain, oubliant encore son latin, renchérit en affirmant :

– Hurry up ! The show must go on !

Les trois cardinaux endormis ne s'étaient toujours pas réveillés, pas plus que ceux qui somnolaient ni celui qui ronflait bruyamment. Sur la place Saint-Pierre, la foule retenait son souffle.

On enfourna le premier cadavre (celui de Jean XXIV ou de Jean zéro, c'est selon) en même temps que les bulletins du premier vote et on lança le grand four à plein rendement. Il y eut d'abord des difficultés de tirage, mais finalement, la consomption se déroula comme prévu.

L'oraison funèbre fut des plus brèves :

— Alea jacta est. Requiescat in pace. Ad vitam aetarnam ! Amen !⁷

Ce fut encore une fois le panzer cardinal qui la prononça.

---

5   *- Si tu veux la paix, prépare ton flingue !*

6   *- Grouillons nos puces, mes frères ! Nous avons pas mal de boulot !*

7   *L'affaire est dans le sac. Qu'il nous fiche la paix. Dieu reconnaîtra les chiens ! Amen !*

À partir de ce moment, tout se déroula très rapidement. L'église avait besoin d'un grand chef incontesté, d'un führer. Le panzer cardinal, par sa présence d'esprit, qu'il avait en partie héritée de ses souvenirs de jeunesse, se révélait de plus en plus comme l'homme de la situation, le sauveur. Toutes les voix se portèrent sur lui. Il réalisa un score purement stalinien, encore que personne dans les médias n'eût l'audace de suggérer un tel rapprochement dans les jours qui suivirent.

Mais avant d'annoncer la bonne nouvelle urbi et orbi, il fallait encore procéder à un petit nettoyage afin que personne ne remît en cause la démocratie et la transparence avec lesquelles se déroulaient les débats internes de l'Église. Il fallait se débarrasser des deux cadavres restants. Cela fut fait aussitôt.

Sur la place Saint-Pierre, la foule guettait. Dès que les premières fumées apparurent, des salves d'applaudissements crépitèrent. Les fumées commencèrent par être un peu blanchâtres. Elles devinrent ensuite grisâtres, puis noires, acres et suffocantes à un tel point qu'un grand nombre de pèlerins se sentirent mal. Les applaudissements redoublèrent : ces braves cardinaux avaient sûrement mis au feu autre chose que le résultat de leurs suffrages, ils voulaient montrer leur présence et inciter à la patience. En ce temps-là, je vous le dis, la nouvelle mode voulait que l'on applaudît pour un oui ou pour un non. On applaudissait, non seulement les événements heureux tels que les mariages de nababs, les discours électoraux des présidents et les naissances princières, mais on applaudissait aussi les cadavres, les victimes de guerres ou d'attentats, les cercueils, les catastrophes... La multitude voulait ainsi montrer son émotion et sa participation...

Deux fois de suite les fumées noires pestilentielles envahirent le ciel de la Ville éternelle et déclenchèrent les hurlements de joie de la foule en liesse.

Puis, enfin ! Enfin, les fumées blanches montèrent à l'assaut des nuages, accompagnées d'une volée de cloches, tandis que la foule se défoulait à la manière d'une horde de supporters d'un club sportif. Et la nouvelle Sainteté apparut au balcon, ovationné par tous ceux qui avaient voulu s'imprégner de cet événement historique.

De mémoire de chrétien, jamais un pape n'avait été élu aussi rapidement...

O tempora, O mores ![8]

---

8 - *Sale temps sur la planète!*

Table des matières

associations bernardiennes asbl

nos livres répondent à un label de qualité

www.bernardiennes.be

Bernardiennes est une association entre auteurs indépendants, dont le but est de promouvoir leurs livres par la mise en commun de ressources intellectuelles et techniques sous un même label.

Chaque ouvrage répond strictement aux critères de qualité d'écriture établis par la **charte bernardiennes**, et a reçu l'approbation de l'unanimité des membres.

Dépôt légal : D/2014/11674/21

Imprimé en numérique